Titelfoto: Familienalbum Hans-Hermann Beckherrn, Heuweiler bei Freiburg, Baden-Württemberg.

Hans-Hermann Beckherrn beschreibt in seinem Werk die Stimmung Ostpreußens am Ende der Weimarer Republik. Er findet über persönliche Erlebnisse vor und während der Flucht nach Ostdeutschland zu der Beschreibung zweier Diktaturen. Die damalige DDR hinter sich lassend, schildert Beckherrn seinen beruflichen und privaten Werdegang vom Ruhrgebiet in ein idyllisches Schwarzwalddörfchen. Anekdotenreich werden so 50 Jahre gelebtes Leben erzählt.

Hans-Hermann Beckherrn:
„Da war doch noch was“
ISBN: 3 – 8311 – 3428 – 6

Alle Rechte liegen beim Autor
© Erschienen im Eigenverlag, Freiburg, 2002
Bearbeitung und Lektorat: Dunja Beckherrn
Umschlaggestaltung, Satz & Layout: Michaela Moser
Herstellung: Books on Demand, Hamburg, 2002
Printed in Germany
ISBN: 3 – 8311 – 3428 – 6

Hans-Hermann Beckherrn

Da war doch noch was

Erste Abteilung des Vorwortes

Schon immer hatte ich das Gefühl, daß ich mehr erlebt habe als andere.

Das stimmt natürlich nicht, aber in meiner Wahrnehmung formten sich viele Erlebnisse zu Geschichten, die ich auch immer gerne erzählt habe, heitere und ernste.

Nicht immer war ich mir sicher, daß meine Zuhörer alles aufgenommen hatten, besonders lag mir am Herzen, daß meine Kinder die Geschichten behalten.

Sollte all das Erlebte eines Tages vergessen untergehen? Das wollte ich nicht. Ich wollte ein Buch schreiben, um das mir Wichtige festzuhalten.

Zweite Abteilung des Vorwortes

*Meine zweite Frau Annemarie lernte ich 1987 kennen.
Ich erzählte ihr aus dem Vorrat meiner vielen Erlebnisse.
So besonders von Ostpreußen und von Roßla und den
merkwürdigen und interessanten Begebenheiten dieser
Zeit. Die Geschichte holte uns ein und die Kinder von
Häckers, mit denen ich 40 Jahre leider nur Brief- und
Paketkontakt haben durfte, konnten wir besuchen und
sie waren eine Woche bei uns in Heuweiler. Eine schöne
Zeit. – Auch die merkwürdige und traurige Geschichte
im Zusammenhang mit Freddy Fischer aus Roßla
erzählte ich. Ich bekam in meinem Büro in Freiburg
Besuch eines Herrn Fischer, der sich für eine Konzernre-
vision angesagt hatte.
Fischer – wirklich kein seltener Name.
Irgendwie trieb es mich, den Besucher auszufragen. Als
er erzählte, daß er aus Duisburg komme und sein Vater
als Kranführer bei Krupp arbeite, hätte eigentlich meine
Neugier befriedigt sein können. Ich weiß nicht warum,
aber ich mußte ihm auf einmal die Geschichte vom
Bauernsohn Fischer erzählen, den ich aus Roßla kannte
und der sich mit einem Schweinebolzen versucht hatte
umzubringen.
Es entstand eine merkwürdige Stille im Raum. Meinem
Gast war klar geworden, daß das sein Vater sein mußte,
von dem Schuß wußte er allerdings nichts.
Die Wahrheit war für den jungen Fischer zunächst
unglaublich, bis sein Vater ihn am Telephon aufklärte.
Ich freute mich sehr auf die Möglichkeit, den alten
Fischer nach so vielen Jahren vielleicht wiedersehen zu*

können. Leider ist es zu diesem Treffen nicht mehr gekommen.

Vierzehn Tage, nachdem ich seinen Sohn kennengelernt hatte, verunglückte dieser auf einer Dienstfahrt mit dem Auto tödlich.

Ich faßte endgültig den Entschluß alles aufzuschreiben. Das Buch war fällig.

Meinen Großvater habe ich besonders in mein Herz geschlossen. Sicher weil er ein so fröhlicher, humorvoller Mann war, der aber durchaus auch sehr nachdenklich und überzeugend gewesen ist, wenn es um wichtige Dinge ging.

Ich erinnere mich, wie ich in den letzten Kriegsjahren zufällig ein Gespräch zwischen meinem Großvater und meinem Vater mithörte, in dem mein Großvater, es muß wohl im Jahr 1943 gewesen sein, meinem Vater bei seinem vorletzten Fronturlaub ziemlich energisch klarzumachen versuchte, daß der Krieg verloren ist und daß mit Sicherheit eine Katastrophe vor uns liegt, wenn dem Treiben der damaligen Machthaber nicht ein Ende gesetzt würde. Mein Vater, Offizier und wohl nicht so kritisch, beschwor seinen Vater, nicht so laut zu sprechen. Das Personal, die Kinder und im übrigen wäre es auch nicht so. Nun, wer dann Recht hatte, ist bekannt.

Ich wollte eigentlich nur festhalten, daß der Großpapa ein in jeder Beziehung gestandenes Mannsbild war.

1876 wurde er in Königsberg geboren und war bei dem Gespräch 67 Jahre alt. Dieser Großvater Erwin, den ich leider viel zu wenig gesehen und erlebt habe, ist trotzdem so sehr in meiner Erinnerung, weil er schon durch die wenigen Geschichten, die ich kenne, nicht nur liebenswert, sondern auch sehr interessant ist.

Übrigens, die ganze Familie ist irgendwie interessant. Das geht ja zurück auf den Vorfahren, der dem preußischen Messerschlucker im Jahre 1636 den Bauch aufschnitt, und man muß sich das richtig vorstellen, ohne Betäubung in unserem heutigen Sinn, das Messer, das der Gaukler verschluckt hatte, herausoperiert hat. Der Gaukler, so berichtet die Geschichte, habe noch lange danach in Gesundheit gelebt. Oder auch der med. Beckherrn, Leibarzt des polnischen Königs und Kurfürsten von Brandenburg und König Gustav von Schweden, der stets auffällig gekleidet, zum Beispiel in einer feuerroten Robe, wie es Wiechert beschreibt, zum Ball beim Stadthalter erschien.

Die Familie, die eigentlich um die Jahrtausendwende als Salzbergbetreiber aus der Gegend von Halle in das damalige Pruszen ausgewandert war, hatte jedenfalls, als man das genauer verfolgen konnte, oft eine Generation Akademiker und in der nächsten Generation dann oft Kaufleute hervorgebracht. Das wird Zufall sein, aber es fällt auf. Anders mit den Berufen. Die Akademiker waren meist Ärzte, darunter ebenso berühmte wie der erste Magenoperateur der Welt, von dem kürzlich ein Arzt schrieb, diese Operation war für die damalige Zeit bedeutender als die erste Herzverpflanzung von Barnard. Häufig waren es auch Pfarrer. Darunter einer, auf den ich auch noch einmal kommen werde, der hatte nämlich die damaligen Kirchengesetze geordnet und systematisiert. Daraus heute zu lesen ist sehr spaßig, aber auch lehrreich.

So ist es auch nicht verwunderlich, daß der Vater meines Großvaters auch Arzt war, der zu großen Verdiensten gekommen war, weil er sehr tüchtig war. Reich wurde er dann bei seiner Heirat, als er die einzige Tochter eines sehr reichen Arztes aus Lettland heiratete. In diesem Wohlstand waren mein Großvater und seine Geschwister aufgewachsen und er hatte sich in seinen jungen Jahren keine besonderen Gedanken um seine Zukunft gemacht. Er war nicht ehrgeizig und hatte die höhere Schule vorzeitig verlassen, als er sich in die Metzgerstochter Margarete Suter verliebte. Damals war es in diesen Kreisen nicht fein, mit einer Metzgertochter befreundet zu sein. Meine Großmutter hat darunter ihr Leben lang gelitten, obwohl ihr die Familie dazu eigentlich keinen Anlaß gab. Später stellte sich dann sogar heraus, daß die Familie Suter, früher Sutor, von einer bekannten Adelsfamilie abgestammt haben soll.

Jedenfalls ging mein Großvater zu seinem Vater und erklärte ihm, daß er das Mädchen gefunden habe, das er heiraten möchte. Der Vater fragte, womit er denn seine Familie zu ernähren gedenke. Mein Großvater sagte zu seinem Papa, daß er dieses ja gerade mit ihm besprechen wolle. Nach diesem Gespräch wurde mein Großvater zunächst zu einer Kaufmannsausbildung nach Berlin geschickt. Nach der Ausbildung fragte ihn sein Vater, was er nun machen wolle. Er könne sich aussuchen entweder eine Kohlegroßhandlung mit Spedition oder ein kleines Gut. Mein Großvater entschied sich für das Speditionsgeschäft und betrieb dieses einige Jahre erfolgreich. Dann hatte er die Freude daran verloren, verkaufte das Geschäft und kaufte sich ein kleines Gut, das er bewirtschaftete. Als ihm auch das nicht mehr die rechte Freude machte, verkaufte er auch das Gut und privatisierte. Er lebte sozusagen von den Zinsen. Da war er noch keine 30 Jahre alt.

In diese Zeit, in der er recht unbeschwert lebte und in der er auch gerne mal ein Gläschen trank, fiel die Geschichte, über die ich immer wieder lachen mußte, wenn sie erzählt wurde.

In dieser Zeit hatte mein Großvater, den ich eigentlich Opapa nannte, wie wir jetzt wissen, Zeit und Geld. Als er wieder einmal von einem fröhlichen Gelage kam, fragte er einen Milchkutscher, der mit Pferd und Wagen daherkam, ob er ihn nicht ein Stück mitnehmen wolle. Dieser tat's und fing auch gleich an, meinem Opapa über sein schweres Leben zu berichten. Da nun die Stimmung nicht schlecht war, machte man einen Handel. Der Großvater kaufte das Pferd, den Wagen mit Kannen, die noch halbvoll waren und fuhr nach Hause zu seiner Stadtwohnung in Königsberg. Da ich ja schon ein bißchen von meiner Omama erzählt habe, kann man sich denken, daß der Haussegen schief hing. Zumal eben die Omama aufgrund des schon bekannten Komplexes selbst alles tunlichst vermied, was dem sogenannten guten Benehmen der Gesellschaft entgegenstand. Nun ja, am nächsten Morgen war das Pferdchen und der Wagen wieder verkauft. Die Geschichte zeigt uns, daß Großvater pfiffig, humorvoll und außerordentlich gutmütig und natürlich war.

Ein anderes Mal waren die Großeltern bei netten Leuten eingeladen, eine feine Tafel, Kerzenschein, Silber und was dazugehört. Mein Großvater ließ sich davon nicht sehr beeindrucken. Er erzählte in seiner aufgeräumten launigen Art und benutzte, wie er es gerne tat, auch mal ein paar deftige Ausdrücke.

Meine Großmutter Margarete, auch Mete genannt, empfand das als sehr peinlich und stieß meinen Großvater vorsichtig unter dem Tisch an den Fuß, worauf dieser laut und in bester Laune fragte: "Mete was is, hab ich was falsch gesagt, daß du mir unter dem Tisch auf den Fuß trittst?" Das kränkte Mete sehr, aber so was ließ sich nun mal nicht aberziehen. Natürlich war diese Bemerkung Auslöser für einen schallenden Lachanfall der Tischgesellschaft.

Als mein Vater in die Schule kam, das war so um 1910, da stellte sich sehr bald heraus, daß es sich um einen ungewöhnlich begabten Jungen handelte. Mein Vater Hans war Einzelkind, weil sein Schwesterchen, das ein sehr hübsches kleines Mädelchen gewesen sein muß, schon zwei oder drei Jahre nach Geburt verstarb. In der Verzweiflung dieses Ereignisses hat leider meine Großmutter in ihrer Wehklage gemeint, warum es nun dieses Kind sein müsse, das sie so liebe und nun verlieren muß. Dies hörte mein Vater, Knirps von 5 Jahren, und hat damit einen Knacks für's Leben bekommen. – Also Hans kam in die Schule, war sehr begabt und machte seinen Eltern Freude und wurde furchtbar verwöhnt, was den eben erwähnten Knacks wohl eher noch verstärkte. Seine Leistungen waren jedenfalls in der Schule sehr gut. Als er auf's Gymnasium in Königsberg kam, stellte sich heraus, daß es mit dem Gesang wohl nicht weit her war. Hans brummte und der Lehrer ärgerte sich. Eines Tages schmiß der Studienrat ein Tintenfaß nach dem brummenden Hans. Da der zuständige Studienrat ein Stammtischbruder meines Großvaters war, wurde bei einem guten Tropfen eine Lösung für den brummenden Hans gefunden. Er wurde vom Musikunterricht suspendiert. Dies hatte nun auch den Vorteil, daß die Zeugnisse bis zum Abitur für alle verbliebenen Fächer nur noch Einsen aufwiesen.

Inzwischen fällt mir noch ein, daß der gute Großvater auch Brüder hatte. Von einem weiß ich, daß er wohl auch nicht lebensfroh war. Er holte sich eine damals noch nicht heilbare Krankheit und um das lange Leiden, das ihm bewußt war zu vermeiden, beendete er durch eigene Hand sein Leben.

Der andere Bruder, durch den Wohlstand seines Elternhauses begünstigt, wurde ein sehr reicher Kaufmann, der dann in den ersten Jahren des Jahrhunderts die Generalvertretung für Ost- und Westpreußen erhielt und war für Hannewacker

Kautabak und Nordhäuser Schnaps und Howald Schokolade zuständig. Er verdiente in dieser guten alten Zeit bereits die unvorstellbare Summe von 20.000 Goldmark im Monat. Diese Vertretung war erblich. Als der Großonkel jedoch recht früh starb, war sein Sohn noch nicht volljährig, weshalb sich diese Firmen darauf einigten, ihm nur eine der Vertretungen zu überlassen. Aber auch 10.000 Mark in Gold pro Monat war ein ungewöhnliches Einkommen in jener Zeit.

...Da war doch noch was. Richtig, eine Geschichte muß ich unbedingt noch erzählen.

Als mein Großvater wieder einmal ausgegangen war und meine Großmutter daran dachte, daß er langsam nach Hause kommen würde, klingelte es an der Haustür. Vor der Mete stand nicht etwa der liebe Paps, sondern ein Junge in einer roten Uniform, goldbestickt und sagte: „Guten Tag, Frau Direktor, ich bringe die Karten für die Abendvorstellung", und hielt ihr eine große Rolle mit Eintrittskarten entgegen. Auf die Frage meiner Großmutter, was das wohl zu bedeuten habe, antwortete der Jüngling: „Ja, wissen Sie nicht, daß ihr Mann heute den Wanderzirkus Kalumbo gekauft hat? Das sind die Karten für die Abendvorstellung." Meine Großmutter verlor fast die Fassung und als mein Großvater dann endlich nach Hause kam und das Donnerwetter losgehen sollte, war die Sache schon dadurch erledigt, daß der gute Erwin den Zirkus inzwischen weiterverkauft hatte. Als ich einmal mit meinem Großvater alleine im

14

Zimmer saß, wurde er auf einmal ganz ernst und sagte, ich solle gut zuhören. Ich wußte ja gar nicht, was ein Wechsel ist, aber ich hörte gut hin, als er mir eindringlich sagte, ich solle nie im Leben einen Wechsel unterschreiben. Ihm war es einmal dabei schlecht ergangen. Einer seiner Stammtischfreunde hatte einen Wechsel erhalten und als Indossant unterschrieben, um den Wechsel weiterzugeben. Die frohe Runde setzte weitere vier Unterschriften darunter, auch mein Großvater. Als der Wechsel fällig wurde, war der Akzeptant zahlungsunfähig. Der Aussteller suchte sich den interessantesten Indossanten aus, das war mein Großvater. Da er nicht zahlen wollte, wäre er beinahe im Gefängnis gelandet.

Diese Geschichte habe ich mir gemerkt ...

Das Abitur meines Vaters fiel in die Zeit Anfang der zwanziger Jahre. Das war eine schlimme Zeit. Die fetten Jahre meines Großvaters waren vorbei. Er kaufte sich mit dem Rest seines Geldes als Teilhaber in die Papiergroßhandlung Papst in Königsberg ein und bereiste ganz Ostpreußen für diese Firma.

In diese Zeit fällt auch eine nette Geschichte zum Nachdenken. Die Reisetätigkeit führte mein Großvater mit der Eisenbahn durch. Die Fahrkarten wurden von der Firma besorgt. Damals gab es noch drei Klassen. Er erhielt standesgemäß die Karten der 1. Klasse. Er stieg aber immer in die 2. oder 3. Klasse ein und erzählte von seinen interessanten Erlebnissen, von denen er behauptete, daß er sie nie in der für ihn langweiligen 1. Klasse gehabt hätte.

Ein Studium für den lieben Hans schien wegen der Kosten nicht vorstellbar. Und so erlernte der mit 17 Jahren frisch gebackene Abiturient die Landwirtschaft auf einem der vielen Güter der Verwandtschaft. Es ging leider auch deshalb nicht anders, weil ausgerechnet der Finanzzusammenbruch der zwanziger Jahre dafür verantwortlich war, daß die Jahrhunderte alte Stiftung zugunsten der Universität Königsberg, wonach alle männlichen Nachfahren der Familie an dieser berühmten Universität kostenlos studieren konnten, unterging. Analog gab es einen Damenstift, in dem die unverheiratet gebliebenen Töchter dieser Familie kostenlos ihr Leben verbringen konnten.

Nun ja, die Ausbildung zum Landwirt wurde erfolgreich beendet und hat bestimmt nicht geschadet. Aber bei dem ausgeprägten Geltungsbedürfnis meines Vaters war es nicht verwunderlich, daß ihn dieser Beruf, ohne selbst ein Gut zu besitzen, nicht befriedigen konnte. Und die Sehnsucht nach Geltung hat wohl auch mitgewirkt, als man nach einer besseren Lösung Ausschau hielt.

Nun muß man schon wissen, daß in dem weiten Ostpreußen, ein Land ohne Industrie, wo die Landarbeiter und kleinen Bauern das Bild bestimmten, die Einzelhändler und Handwerker nicht ohne Abhängigkeit zu den Gütern existieren konnten, sondern auch wegen der kleinen Dörfer in der Regel nur Kleinstbetriebe hatten. Kurzum, angesehen war der Gutsbesitzer, der Pfarrer, der Arzt und der Lehrer. Also wählte mein Vater, als mein Großvater es sich früher als erwartet wieder leisten konnte, das Studium der Theologie. Er trat in die Burschenschaft der Königsberger Germanen ein, in der auch sein eigener Großvater, von dem ich schon berichtete, Burschenschaftler war. Die Burschenschaft gehört zu den Dingen, die mein Vater sein Leben lang hochgehalten hat. Bei einem Fest der Burschenschaft lernte mein Vater meine Mutter kennen und es war wohl beiderseits die Liebe auf den ersten Blick.

Mein Vater erzählte mir einmal die Geschichte, mit der er, wenn er sich für eine junge Dame interessierte, die erste Vorprüfung durchführte. Er stellte sich das Mädchen auf einem Nachttopf vor und wenn dieses Bild ungalant ausfiel, war der Fall sowieso erledigt. Nun, da muß mein liebes Mütterlein dann doch gut abgeschnitten haben. Mein Vater bestand mit 24 Jahren sein Examen mit erstklassigen Noten und heiratete meine Mutter, die gerade erst 19 Jahre alt war.

In Ostpreußen jedenfalls gehörte die Pfarrersfrau untrennbar zum Beruf des Pfarrers. Bei der Bedeutung des Pfarrers, wie ich sie ja vorhin schon beschrieben habe, stelle man sich das 19-jährige Mädchen, die Frau Pfarrer vor. Die erste Pfarrstelle war in Lötzen als Hilfsprediger, dann in Peitschendorf, Großschwanzfeld und Powunden.

Meine Mutter ist eine geborene Finck. Die Familie ist verwandt mit unzähligen Gutsbesitzern in ganz Ostpreußen und weitläufiger verwandt mit dem berühmten Geschlecht derer von Finckenstein. Die Familiengeschichte, die ich nur aus mündlicher Überlieferung kenne, begann jedenfalls mit den Worten: Aus rauher Wurzel entsprossen aus dem Geschlechte Finck von Finckenstein usw.

Nur der Ordnung halber einige Güter der Familie Finck: Barsenichen, Dorbnicken, Eisselbitten – übrigens, das Gut der Eltern meiner Mutter – Finckenhof, Godnichen, Gräherswalde, Krattlan, Lengnisten, Legitten, Littansdorf, Lobitten, Mandeln, Mülsen, Palkanisken, Paradenicken, Ponachen und Pollwitten. Also, eine recht angesehene Familie. Dieser Großvater stammte also von einem Gut und seine Frau Hedwig, geborene Büttler, ebenfalls. Wie auch die Mutter meines Vaters, geb. Suter, so stammte auch die Linie der Mutter meiner Mutter aus dem Salzburger Land. Die Familien waren in der Zeit der Verfolgung der Protestanten nach Ostpreußen gekommen. Urgroßvater Büttler, der vermögender Gutsbesitzer war, muß auch eine sehr ausgeprägte Persönlichkeit gewesen sein. Man könnte ihn wohl als Vollblutmenschen bezeichnen, der auch bei bestimmten Gelegenheiten zu gewalttätigen Scherzen neigte. Einmal ritt der Gutsbesitzer, der einen kräftigen, pechschwarzen, vollen Haarwuchs hatte, aus reinem Übermut über den kleinen Markt seines Dorfes und gab seinem Pferd die Sporen, so daß er in wildem Ritt die kleinen Marktstände umriß und die Leute voller Entsetzen auseinanderstieben. Da er aber im Grunde ein anständiger Mann war, ersetzte er den Betroffenen den Schaden überreichlich und alle waren dann doch wieder mit ihrem Herrn zufrieden. Dieser Urgroßvater hatte zwei Töchter. Die ältere heiratete den Gutsbesitzer Vogelreuter, die jüngere den Gutsbesitzer Finck, meinen Großvater mütterlicherseits. Mein Großvater Finck war ein außerordentlich gutmütiger Mann, der eher dazu neigte zu philosophieren und schöngeistige Bücher las, Freimaurer war und dementsprechend fehlten ihm manche auf einem Gut notwendigen Unternehmereigenschaften. Meine Großmutter erzählte uns einmal, daß, wenn ihr Mann aufs Feld ritt um die Arbeit zu kontrollieren, er die Leute fleißig bei der Arbeit vorfand. Er aber unterhielt sich dann mit ihnen über Land und Leute, über Politik und auch über ihre persönlichen Sorgen, so daß die beabsichtigte Wirkung seines Vorhabens sich eher in das Gegenteil verkehrte. Er war wohl ein wunderbarer Mensch, aber als lebenstüchtig würde ich ihn nicht bezeichnen.

Meine Großmutter dagegen war eine Dame, trug erlesene Kleidung, liebte es, vierspännig mit ausgesuchten Kutschpferden zu fahren, am liebsten ohne Kutscher selbst zu kutschieren, wohl wie ihr eigener Vater. Sie war tüchtig und emanzipiert, rauchte damals schon Zigaretten und ganz dünne

Zigarillos, gab große Gesellschaften und nahm an solchen teil. Auf einer solchen Gesellschaft war auch meine Mutter Gast. Sie saß neben einem reichen Gutsbesitzer, ebenfalls Gast und in der Unterhaltung bewunderte sie den Reichtum und Prunk des Festes, worauf der wirklich vermögende Tischnachbar sich auf die Schenkel klopfte und lachend sagte: „Alles nur Schulden, gnädige Frau, alles nur Schulden ..." Dieser Gutsbesitzer war es aber, der selbst, wenn er über Land mit seiner Kutsche fuhr und einen größeren Stein sah, anhielt und ihn in seinen Wagen legte. Aus ausschließlich so gesammelten Steinen baute er sich eine große Scheune, auf die er zu Recht immer sehr stolz war.

Die Kinder wurden großzügig erzogen. Als sie klein waren, hatten sie einen Hauslehrer, als sie größer waren, kamen sie ins Internat. Drei Kinder gingen aus dieser Ehe hervor: Hermann, Herta, meine Mutter und Jutta. Alle Kinder waren bildhübsch, erstklassig erzogen und wurden landauf, landab bewundert. Das war so recht das, was meine Großmutter stolz machte. Als ihr Sohn erwachsen war, war es ihr das Schönste, mit ihm in Cranz, einem feinen Seebad, auf der Promenade spazieren zu gehen. Er war fast zwei Meter groß und elegant. Die Leute blieben stehen, so ein schönes Paar waren Mutter und Sohn. Meine Mutter hatte mit ihrer Schwester ein eigenes Gartenhäuschen. Voll eingerichtet mit Herd und Stall. In dem Stall hatten sie Pfauen, Kaninchen, Zwerghühner, zwei Ziegen, die sie selbst versorgt und auch gemolken haben und zwei Rehe. Diese wunderbare Kindheit hat in meiner Mutter bis ins hohe Alter Spuren hinterlassen. Die Zwanziger Jahre, die mangelnden unternehmerischen Fähigkeiten meines Großvaters und die großzügige Lebensart meiner Großmutter führten dann jedoch dazu, daß das Gut aufgegeben werden mußte, wenngleich meine Großmutter durch besonderen Einsatz dieses zu vermeiden gesucht hatte. Sie reduzierte das Personal so, daß ein Mitarbeiter kurz vor der Aufgabe in verschiedenen Dienstuniformen den Gärtner, den Kutscher und den Diener spielen mußte.

Die Ehe meiner Großeltern hatte dabei auch Schaden genommen, so daß sie danach getrennt lebten. Meine Großmutter nahm eine Stelle als Hausdame auf einem Gut an. Hausdame war man, wenn man auf einem Gut das Hauswesen mit allen Hausbediensteten unter sich hatte und von besserem Stand, wie man damals sagte, war. Dann aß man auch mit der Herrschaft an einem Tisch. Wenn man aus dem Volke kam, nannte man sich Mamsell und aß mit den Bediensteten.

Übrigens hatte mein Großvater noch einige Brüder. Einer davon, der auch ein großes Gut hatte, heiratete eine interessante Frau. Trotz aller Wünsche bekam sie keine Kinder und weil sie sehr kinderlieb war, nahm sie 13 Kinder, alles Mädchen armer, verwaister Landarbeiter an und adoptierte sie. Die Kinder erhielten eine solide Ausbildung, mußten entgegen der sonst üblichen Gepflogenheiten auf dem Hof mitarbeiten und wenn sie heirateten, bekamen sie eine erstklassige Aussteuer. Diese Mutter wurde von allen sehr geachtet und von den Kindern geliebt und verehrt. Ein anderer Bruder meines Großvaters wurde Apotheker. Er zog nach Görlitz und machte dort eine Apotheke auf. Einer seiner Söhne, Werner, wollte unbedingt Schauspieler werden. Sein Vater wollte, daß er einen ordentlichen Beruf ergreift. Gegen den Willen seines Vaters wurde er Schauspieler und später der berühmte und unvergessene Kabarettist Werner Finck, der besonders im dritten Reich in seiner Katakombe deutsche Kabarettgeschichte gemacht hat.

Zurück zu meinen Großeltern. Der Sohn Hermann wurde Direktor der Feuersozietät Ostpreußen, liebte große offene Wagen und heiratete die reiche Metzgerstochter Friedel Michalowski. Diese Ehe wurde sehr glücklich, obwohl sie zunächst scheinbar mehr aus einem besseren Bratkartoffelverhältnis hervorgegangen war. Die Trauung nahm der junge Pfarrer Hans, der Schwager, mein Vater, vor. Zur Trauung erschienen der Metzgermeister und seine Frau getrennt. Die Ehe war seit Monaten nicht mehr intakt. Mein Vater predigte so gewaltig, wie dieses aus meiner Sicht selten ein anderer konnte. Und so verließen nicht nur Friedel und Hermann glücklich vermählt die Kirche, sondern auch Hand in Hand und glücklich versöhnt die Eltern der jungen Ehefrau. Aus dieser Ehe gingen drei Kinder hervor,

Reinhard, Christa und Karin. Die Schwester Jutta, die noch heute in liebster Erinnerung meiner Mutter ist, holte sich als Krankenschwester eine Diphterieerkrankung und starb mit 19 Jahren. Sie wurde auf dem Dorffriedhof der kleinen Gemeinde Powunden beigesetzt, in der ich bis zu meinem 8. Lebensjahr lebte und in der mein Vater damals Pfarrer war. Das war ein Anwesen, das man nur mit einem Gut vergleichen kann, ein richtiger Pfarrhof, ein riesiges Gelände. Der Hof war ein Bauernhof, ich schätze 400 Meter lang und 300 Meter breit. Zur Straße führte an der Seite nach einem respektablen Schweinestall mit drei Boxen und einem Ausgang in den Schweinegarten und einem anschließenden Geflügelstall für Hühner ein Weg. Meine Mutter hatte soviel Hühner, daß sie nicht merkte, wenn mal eines fehlte. So kam es, daß ein Huhn, bevor es sich zu brüten entschloß, Gelegenheit hatte, zwölf Eier heimlich in die Scheune zu legen und dann zu brüten und stolz nach 21 Tagen über den langen Hof zum Stall zu wandern, die Kükenschar piepend im Gefolge.

Außerdem bevölkerten Enten, Gänse und Puten den Geflügelstaat. Eine Hecke aus Lebensbäumen, die Zufahrt war mit einem Tor für Fahrzeuge und einem Törchen begrenzt zur Straße, verlängerte das Tor, eine wirklich große Scheune. Der Hecke gegenüber waren die Stallungen, ein Pferdestall, anschließend ein Kuhstall und dem schloß sich ein einfaches Wohnhaus an. Der Scheune gegenüber befand sich ein Zaun, der den Hof zum Garten abgrenzte. Vom Hof sah man seitlich auf das Pfarrhaus und auf den Vorgarten. Zum Pfarrhaus führte in der Mitte eine Art Freitreppe, davor ein runder Platz, der etwa zwanzig Meter im Durchmesser war und stets mit blühenden Blumen umsäumt war. Am deutlichsten ist mir noch die Dalienpracht in Erinnerung, die den Platz im Sommer in allen Farben schmückte. Ging man nun von der Freitreppe nicht nach links zum Hof, sondern geradeaus, so durchschritt man zunächst das Blumenrondell, um auf dem Hauptweg die ganze Länge des Gartens erwandern zu können. Ich sage erwandern, weil der Garten wirklich sehr lang war, ich schätze 500 Meter mindestens. Links und rechts dieses Weges gab es eine Vielzahl von Obstbäumen, die in meiner Erinnerung immer auf blühenden Wiesen standen. Es handelte sich um Birnen und Äpfel. Besondere Sorten wie der gelbe Richard bei den Äpfeln und die Bergamotte bei den Birnen sind mir noch in Erinnerung. Von dem Hauptweg führten kleine Wege immer wieder in die Breite des Gartens. Zur Straße hin wurde der Garten in Verlängerung der Scheune durch eine große Fläche von Himbeersträuchern begrenzt. Zum Ende des Mittelweges war die erste Grenze eine große Hecke, danach kam eine große Fläche, auf der Kartoffeln und Gemüse angebaut wurden. Vor der Hecke rechts des Weges war noch ein romantischer Platz unter Bäumen. Da stand ein großer steinerner Tisch, rund umgeben mit steinernen Bänken. Am Ende des Gemüsegartens gab es einen großen Teich, danach kam als Begrenzung ein Zaun. Hinter dem Zaun war Weideland, das auch zum Pfarrhof gehörte.

Rechts des Hauptweges lag völlig parallel ein mit Laubbäumen begrenzter Weg, der so schön war, daß er den liebevollen Namen Verlobungsweg trug. Parallel zum Verlobungsweg lag wieder Weideland des Pfarrhofs. Nun zum Pfarrhaus. Also vom Garten aus in der Mitte der Haupteingang. An dieser Seite war das Haus mit echtem Wein bewachsen. Nichts als blaue Trauben bis zum Eingang, dann gelbe und auf der anderen Seite die ganze Fläche eine große grünliche Traubensorte. Stand man vor dem Haus, so war links eine herrliche Veranda, zum Teil bunt verglast, die vom Eßzimmer aus zu betreten war, Auf der gegenüberliegenden Seite gab es eine Glasveranda in Richtung Hof, die viel einfacher war und vom wilden Wein überwuchert wurde. Diese Veranda führte über einen kurzen Gang zur Küche und wurde in die Hauswirtschaft einbezogen. Das Haus hatte links die Wohnräume: Das Herren- und Arbeitszimmer, das Wohnzimmer, den Salon und das Eßzimmer. Rechts befanden sich die Schlafzimmer, ein Kinderzimmer und das Mädchenzimmer und dazwischen auf der anderen Seite die Küche. Die oberen Räume des Hauses wurden in den letzten Jahren nicht mehr bewohnt. Sie dienten als Fremdenzimmer und hier wurden die Winteräpfel auf Zeitungspapier auf dem Boden ausgebreitet und nach Sorten getrennt gelagert.

Jede Woche mußten sie dort auf Schäden hin von dem Mädchen angesehen werden.

Die dem Haupteingang gegenüberliegende Längsseite des Hauses grenzte an eine kleine Straße, die in der einen Richtung in einen Feldweg überging und in der anderen Richtung, parallel zu unserem Hofweg, ins Dorf führte.

Auf der gegenüberliegenden Seite der Straße, die man durch ein kleines Gartentor erreichen konnte, war der Friedhof. Auf diesem stand in der Mitte die schöne Kirche mit dem für Ostpreußen häufigen Storchennest, das uns Kindern jedes Jahr so viel Freude gemacht hat.

Wenn man aus dem Hoftor vor der großen Straße stand, traf man auf das Gemeindehaus, in dem auch der Kindergarten untergebracht war. Dahinter lag ein großer Dorf- und Sportplatz. Gleich dahinter verlief die kleine Bahnlinie, die, ging man einige hundert Meter nach rechts, eine winzige Haltestelle hatte. Ging man nach links, dann kam nach einigen hundert Metern die Schule und der Kolonialwarenhändler Recker, dann der Frisör, auf der rechten Seite der Bäcker und ganz am Ende auf der linken Seite das Armenhaus.

Ich habe natürlich nur die Häuser erwähnt, die mir noch deutlich in Erinnerung sind. Dazu gehört auch noch das Haus des Lehrers Nugel, das an dem schmalen Weg zur Kirche auf der rechten Seite vor der Kirche stand.

In diesem Dörfchen jedenfalls verbrachte ich meine Kindertage bis zu meinem 8. Lebensjahr. Ich stand als Baby unter dem alten Ulmenbaum, der auf einer kleinen Anhöhe ganz in der Nähe der schönen Veranda stand. Die Ulme war so dick, daß sie nicht von sieben ausgewachsenen Männern umfaßt werden konnte. Ich war so brav und süß, obwohl ich ein wenig schielte, daß die Kirchgänger nach der Kirche gern einen Blick auf das goldige Baby warfen. Und ich quittierte dieses Interesse mit einem stets zufriedenen Lächeln, womit ich mir schon die Besucher für den nächsten Sonntag sicherte. Vor mir war allerdings, genau ein Jahr und sechs Monate früher, meine ältere Schwester Sabine auf die Welt gekommen. Sie war wohl eher zurückhaltend, jedenfalls gibt es über sie nicht diese volkstümlichen Geschichten.

Das kleine Dorf war schön und meine Eltern waren da wohl zunächst auch glücklich. Mein Vater betreute Powunden und die kleinen Gemeinden ringsherum. Dazu hatte er sich ein Pferd angeschafft und fuhr mit Pferd und Wagen durch seinen Kirchsprengel. In den Ställen des Pfarrhofes standen zur Ernährung der Familie auch noch zwei oder drei Kühe, die von meiner Mutter und unserem Mädchen gefüttert und gemolken wurden. Im Sommer waren die Kühe auf der Weide. Im Schweinestall und Schweinegarten grunzten und wühlten die fünf Schweine und im Geflügelstall gackerte das Federvieh von Hühnern bis zu den Gänsen und Puten.

In früheren Zeiten mußte der Pfarrer sich von seinem Pfarrhof selbst ernähren. Dies war zwar vorbei, aber das Pfarrgehalt war so klein, daß ein solch prächtiger Pfarrhof das wirtschaftliche Leben der Pfarrer sehr erleichterte. Also, mein Vater fuhr mit Pferd und Wagen in die Gemeinde. Da er ja auch etwas von der Landwirtschaft verstand, glaubte er, ein besonders gutes Pferd günstig erstanden zu haben. Als dann eines Tages ein Dorffest stattfand mit viel Musik und Jubel, kam mein Vater gerade von einem Krankenbesuch mit seinem Gefährt. Als er in die Nähe des Festplatzes kam und die Musik gerade wieder anfing, stellte sich das Pferdchen auf die Hinterbeine und fing an auf der Straße zu tanzen, sehr zum Entzücken der Festgesellschaft und zum Schrecken meines Vaters. Er hatte sich wohl ein Zirkuspferd gekauft. Solange er es noch besaß, hielt er sich von musikalischen Veranstaltungen fern, wenn er sein Pferdchen bei sich hatte. Wenige Jahre später verkaufte er das Pferd und kaufte sich ein Auto, einen Opel P6 oder auch Laubfrosch genannt. Ein Auto war damals noch eine Seltenheit und auf dem Lande fast unvorstellbar. Daß aber nun der Pfarrer ein Auto hatte, verschlug manchem die Sprache. Nun kann ich mich gut besinnen, wenn dieses Auto in Gang gesetzt wurde, war das schon eine größere Sache. Vor dem Auto stand meine Mutter mit dem großen Schlüssel, den sie auf Befehl kraftvoll drehen mußte. Ein Anlasser, wie ich ihn später bei russischen LKWs noch gesehen habe. Sprang das Auto dann an, schrie mein Vater: „Herta weg!" Sie sprang zur Seite, warf den Riesenschlüssel ins offene Autofenster und mein Vater fuhr nach einigen hochsprungartigen Hüpfern des Autos davon. Dieses Auto war wohl dennoch praktisch, zeigte aber auch durch die Anschaffung zu diesem Zeitpunkt etwas von dem Geltungswillen des Besitzers. Denn Geld war nicht viel da und der übrige Hausstand wurde mehr als sparsam geführt.

1934 wurde dann meine kleine Schwester Annegret geboren. Ich war damals drei Jahre alt. Mein Vater packte uns in sein Auto, diesmal mußte Alma den Schwengel drehen, und wir besuchten unser Schwesterchen und unsere Mutter in Königsberg im Krankenhaus der Barmherzigkeit, in dem auch ich geboren bin. An diesen Besuch kann ich mich noch total besinnen und könnte heute noch das Zimmer des Krankenhauses zeichnen. Mit der kleinen Annegret war mein Lieblingsschwesterchen geboren, mit der ich viel gespielt habe, was ich damals natürlich nicht wissen konnte. Auch nicht, daß ich ein Jahr später im selben Krankenhaus als Patient sechs Wochen verbringen mußte. Als ich eines Tages furchtbare Bauchschmerzen hatte, rief mein Vater seinen Freund Dr. Brettschneider aus Schahen an und bat ihn, nach mir zu sehen. Als er kam, ein sehr netter Arzt, fragte er zunächst, was ich gegessen habe und ich erzählte ihm, daß es Kartoffelkeilchen (das sind Klöße aus rohen Kartoffeln mit Speck und Zwiebeln) waren. Er meinte, dann sei alles klar und wollte mich schon mit dieser Diagnose und einem warmen Wickel als Therapie verlassen. Auf einmal wurde er nachdenklich und wies mich ins Krankenhaus in Königsberg ein. Warum er dies tat, hat mir meine Mutter erst viel später erzählt. In einem kleinen Nachbarort war wenige Tage zuvor ein Kind an einer nicht erkannten Blinddarmentzündung gestorben. Von der Operation habe ich nur die Narkose in Erinnerung, die aber um so schrecklicher war.

Damals wurde ja noch direkt mit Äther ohne Vorbetäubung gearbeitet. Den Vorgang mit dem Zählen und das schreckliche Gefühl des Vergehens habe ich nie vergessen. Ich war ein sehr braver Patient und wurde von den Schwestern sehr gelobt und geliebt. Hätte ich nicht in einem Umfeld von einer solchen Frauenübermacht gelebt, wäre ich vielleicht weniger brav gewesen und hätte später manche Mannbarkeitsprüfung leichter bestanden. Die Behandlung erfolgte wie damals üblich mit einer Kanüle, über die der Eiter abfloß. Antibiotika gab es ja noch nicht. Wäre ich nur wenig später operiert worden, wäre der schwer vereiterte Blinddarm geplatzt und mich gäbe es gar nicht mehr.

Das Pfarrhaus wurde damals mit Öfen beheizt. Mein Vater ließ eine Kokszentralheizung einbauen, ein Komfort, wie er damals noch selten war. In abgelegenen Orten gab es noch nicht einmal elektrisches Licht. Auffällig war, daß in Powunden die Sterblichkeit relativ hoch war. Sehr häufig waren es Typhusfälle, die zum Tode führten, soweit man nun im einzelnen die Todesursache nachvollziehen konnte. Mein Vater hat sich darüber viele Gedanken gemacht und mit dem Bürgermeister, der ein Bauer war, der auch unsere kleine Landwirtschaft betreute, die Wege des Wassers und des Abwassers untersucht. Mein Vater half ihm auch sonst bei dem Bürokram und dabei stießen sie darauf, daß der Zufluß des Trinkwassers von den Quellen bis zur Fassung unter dem Friedhof entlangfloß. Als dieses erkannt und beseitigt worden war und die Mutter des Metzgers, die Typhusbazillenträgerin war, mit Lebensmitteln nicht mehr in Berührung kam, war das Problem gelöst, die Sterblichkeitsrate sank und die Typhusfälle verschwanden. Für diese tatkräftige, lebensnahe Tüchtigkeit erwarb sich mein Vater über die in Ostpreußen für Pfarrer übliche Verehrung hinaus, Respekt und Ansehen. Dieses schien, gepaart mit dem hohen sozialen Verständnis, der Gutmütigkeit und der Schönheit meiner Mutter, wirklich eine ideale Pfarrfamilie zu sein. Mein Vater war aber nicht nur tüchtig, ein gewaltiger Prediger und ein sparsamer Mensch, sondern er hatte mit seinem Geltungsbedürfnis auch einige Probleme.

Als das dritte Reich sich etablierte, wollte er als alter Stahlhelmer, Burschenschaftler mit der Auffassung Deutsch national auch bei dem großen Aufbruch dabeisein. Das Verhältnis der Kirche zu den Juden war ja auch gestört und die Aufbruchsstimmung fing an ihn zu faszinieren. Als er dann den Entschluß faßte, in die Partei einzutreten, wurde er abgewiesen, so ungefähr Pfaffen können wir nicht gebrauchen. Dies kränkte ihn sehr und es reichte gerade noch, in die SA einzutreten. Diese Tatsache war dann, wie sich später zeigte, noch ausreichend, um den sich daraus ergebenden Verstrickungen nicht ganz zu entgehen. Immerhin meldete er sich in Erkenntnis, daß dieser Weg für ihn verschlossen blieb im Gegenteil, daß das Ansehen der Pfarrer in diesem Staat an Bedeutung verlor, freiwillig beim Militär, um Reserveoffizier zu werden.

Bald mußte er nun regelmäßig zu Übungen und wir wurden mit Hilfspredigern versorgt. An einige Namen kann ich mich erinnern. Pfarrer Krop sagte immer zu mir: „Jungchen, Du steckst Dir so große Stücke in den Mund, daß Du die Zung nicht mehr umdrehen kannst", oder „Jung, Du steckst Dir das Brot ja falsch in den Mund, die Wurst guckt ja nach unten." Immerhin war ich pfiffig und antwortete: „Herr Pfarrer, mir ist mein unterer Mund genauso lieb wie mein oberer." Oder ich denke an Pfarrer Möllecken, der ein verkürztes Bein hatte, von dem noch in anderem Zusammenhang die Rede sein wird.

Als für mich die Schulzeit begann, hatte ich es leicht. Meine Schwester Sabine war immer ein Jahr vor mir dran und was Binchen mit einiger Mühe eingetrichtert wurde, lernte ich ganz nebenbei und war dadurch schon immer dem Unterricht voraus. Binchen war ein sehr sensibles Kind. Wenn sie zur

Schule ging und es war Wind, mußte sie begleitet werden. Wenn ein Hund kam, fing sie an zu schreien und richtig spielen wollte sie auch nicht. Sie sagte schon als Kind, das macht man nicht, das gehört sich nicht, wenn das der Papa wüßte. Damit machte sie sich natürlich nicht sehr beliebt bei Annegret und mir. Wir spielten viel zusammen, denn fremde Kinder wurden bei uns nicht gern gesehen. Die störten meinen Vater oder brachten uns Unarten bei, ich weiß es auch nicht. Jedenfalls wuchs ich, wenn ich es recht bedenke, in der Welt der Frauen und Mädchen auf. Einmal hatte ich beim Spielen der Annegret mit einer kleinen Harke aus Versehen ein Loch in den Kopf geschlagen. Es blutete und ich fürchtete mich. Ich versprach ihr mein schönstes Glanzbild, wenn sie nichts sagt. Damals war Glanzbildtauschen mit Steckheften ganz große Mode. Annegret hat nichts gesagt. Wenn ich es heute bedenke, was hätte passieren können, Blutvergiftung oder sonst eine Infektion, aber die Angst vor meinem Vater war zu groß. Solche Angst dürfen Kinder nie haben müssen. Er erschien uns Kindern unnahbar und ich kann mich nicht erinnern, daß er einmal liebevoll oder gar schmusend mit uns umgegangen ist. Er hatte zwar aus seiner Pferdezeit eine Reitpeitsche, damit wurde auch mal gedroht, verhauen hat er mich höchstens dreimal in meinem Leben, aber er war konsequent und hart, so habe ich ihn jedenfalls empfunden.

In diese Zeit fiel auch der erste Autounfall meines Vaters in Königsberg. Er hatte einen

Zusammenstoß mit der Straßenbahn und einem Radfahrer, bei dem der Radler Gott sei Dank nur leicht verletzt wurde. Mein Vater war todunglücklich und so bedrückt, daß er einen Menschen verletzt hatte, daß er tagelang fast krank war. In diese Zeit fiel auch ein Drang, das kleine Dorf häufiger zu verlassen. Mit dem Hinweis, daß meine Mutter wegen der kleinen Kinder ja nicht fortkönne, ging er nach Westerland in Urlaub, aus dem er mit der sehr weltlichen, aber für mich gut nachvollziehbaren Feststellung wiederkam, die glücklichste Kombination sei Wasser, Musik und schöne Frauen.

Einmal allerdings fuhr die ganze Familie in den Urlaub nach Cranz mit Kind und Kegel und Mädchen. Die Vorbereitungen liefen auf vollen Touren. Meine Mutter hatte einen großen Stoffrest erstanden, aus dem mit Schnittmusterbögen für jedes der Kinder folgende Kleidungsstücke gefertigt wurden: eine lange Hose mit Gummizug am Bauch und an den Füßen; eine kurze Hose mit Gummizug am Bauch und oberhalb der Knie mit Trägern, sogenannte Spielhöschen; eine kleine Weste mit Puffärmelchen und eine Jacke mit langen Ärmeln. So ausgestattet mit den blau-rot zart gestreiften Gewändern zogen wir in Cranz ein. Es war eine kleine Wohnung gemietet worden und mindestens für uns Kinder wurde von Grete gekocht. Ich sah zum ersten Mal das große Wasser und durfte auch bis zur Nichtschwimmerleine hineingehen. Obwohl ich etwas ängstlich war, fand ich es wunderbar an Strand und Meer. Dieses Erlebnis war der Beginn für eine lebenslange Liebe zu Meer und Sand.

Damit mein Vater sein Auto auf den Hof des Vermieters stellen konnte, hatte dieser einen runden Balken bereit gelegt, der bei Einfahrt zwischen Bürgersteig und Straße die scharfe Kante überbrücken mußte, was auch gut funktionierte. Auf dem Hof stand ein Klotz zum Holzhacken. Sabine und ich bauten aus dem Klotz und dem Rundholz eine Wippe, die uns aber nur kurz Freude bereitete. Das Rundholz rollte auf einmal von dem Klotz und traf meinen rechten großen Zeh so unglücklich, daß die Kuppe des Zehs abgeschlagen wurde. Ich weinte und hatte schreckliche Schmerzen. Meine Schwester beschwor mich, auf keinem Fall etwas dem Vater zu sagen und so blieb es zunächst unser Geheimnis. Ich legte das abgehauene Stück sogar auf die Wunde und ließ es vom trocknenden Blut verkleben. Das Geheimnis dauerte nicht lange. Bei der wöchentlichen Körperkontrolle sollten die Zehennägel geschnitten werden. Da gab es kein Pardon und mein Vater sah die Bescherung. Meine Mutter mußte Jod holen, die Schere wurde über dem Feuer sterilisiert und der Zeh von Dreck und Fetzen befreit so nach Burschenschafter Art, eine Ladung Jod darüber und der Hinweis, ich solle ja kein Geschrei machen, ein Junge weint nicht bei jeder Kleinigkeit. Die Sache war also glimpflich ausgegangen, galt aber für noch lange Zeit als Beispiel, was wir doch für ungezogene Kinder sind.

Zu der Ausbildung als Reserveoffizier der Infanterie gehörte auch zwingend der Nachweis einer bestandenen Fahrradprüfung. Mein Vater kaufte sich also ein neues Fahrrad mit Vollballon, im und um das Pfarrgebäude herum begann eine eifrige Probetätigkeit. Dem Zweizentnermann assistierte seine ganze 90 Pfund schwere Frau und mußte einiges von dem Frust ertragen, den Vaters Unvermögen auslöste. Als er die Sache nach viel Mühe hinter sich gebracht hatte, benutzte er das Fahrrad nie wieder in seinem Leben. Obwohl er sonst nicht so freigiebig war, störte es ihn überhaupt nicht, als ich das Gefährt mehr und mehr zu meinem Eigentum gemacht habe. Immerhin wies er immer auf die Gefährlichkeit eines solchen Gefährtes hin.

Wie spartanisch wir Kinder aufgezogen wurden, kann man daraus ersehen, daß Kleidung für uns nur aus alten, gewendeten Mänteln und Kleidern gefertigt wurde, für den Winter gefüttert mit immer haarenden Katzenfellen. Von dieser Ausstattung hoben sich die schönen selbstgestrickten Pullover, die seine Mutter ständig für uns strickte, fast elegant ab. Wenn die Oma zu Besuch kam, hatte sie für Spaziergänge ständig eine Dose mit Hustenbonbons in der Tasche. Jedes Kind bekam eines in den Mund gesteckt mit dem Hinweis: „Lutscht schön und haltet den Mund geschlossen, damit ihr euch nicht erkältet." So verhätschelt muß sie wohl auch ihr Hänschen haben, sonst hätte er es vielleicht ein bißchen leichter gehabt. Dieses Bonbonbeispiel kann auch gleich dafür gelten, was die liebe Schwiegermama alles noch ihrer Schwiegertochter an gutgemeinten Ratschlägen für Haushalt und Lebensführung mit auf den Weg zu geben hoffte.

Als mein Vater seine Eltern anläßlich einer Herrenveranstaltung mit meiner Mutter in Königsberg besuchte, ging mein Großvater mit seiner Schwiegertochter ins Kino und weil es dem Mädelchen so gut gefallen hatte, sahen sie sich den Film gleich noch einmal an.

Mit seiner Schwiegermutter, die uns auch öfter besuchte und die immer als Grand Dame anreiste, hatte mein Vater große Schwierigkeiten. Als sie mir gar zum Schulanfang eine Kienzle Taschenuhr schenkte, schimpfte er fürchterlich, was das für ein Blödsinn sei, so einem Gnaschel eine Uhr zu schenken, man müsse sich fragen, wo so etwas enden solle. Einen Laubsägenkasten, den ich wenig später erhielt, durfte ich nicht benutzen, es sei viel zu gefährlich und ich würde mit Sicherheit in Kürze das Augenlicht verlieren. Diese Ängstlichkeit, die er offensichtlich von seiner Mutter geerbt hatte, paßte so gar nicht zu seinen Schmissen, die er sich auf dem Paukboden geholt hatte und auf die er sein Leben lang so stolz war. Etwas milder wird man die Sägegeschichte jedoch beurteilen können, wenn man weiß, daß dieser hochbegabte Mann technisch völlig unbegabt war. Er selbst konnte nicht einmal einen Nagel in die Wand schlagen und hat es auch nicht, solange ich denken kann, getan. Menschen, die so etwas konnten, flößten ihm jedoch irgendwie Respekt ein, jedenfalls wenn er in der Nähe von solchen Ereignissen war. Auch in anderen Situationen benahm er sich ungeschickt und zeigte sich unerbittlich, womit aus Spaß meistens Ernst wurde.

Einmal fand ein Jahrmarkt auf der Festwiese statt und wir durften hin. Meine Mutter wurde vorgeschickt mit den Kindern an der Hand. Ihr schien für die Kinderchen eine Rundfahrt mit dem Ponywagen das Richtige zu sein. Als mein Vater erschien, saßen wir gerade fröhlich auf dem Wagen. Mein Vater machte ein bedrohliches Gesicht, was nichts Gutes verhieß. Als wir wieder alle zusammenwaren, hörte ich von den Vorwürfen immerhin soviel, daß es ja wohl für einen Pfarrer und gemeint war wohl auch der SA-Mann unmöglich sei, seine Kinder mit einem Judengespann um die Dorfwiese zu fahren. Nun entschied er, daß wohl als Ausgleich noch eine andere Attraktion genutzt werden sollte. Alle drei wurden in ein Kettenkarussell bugsiert und jeder hatte zwei Karten, immerhin. Schon bei der ersten Runde sprang meine Schwester Sabine aus dem fahrenden Gefährt, sie habe Angst und ihr sei schlecht. Annegret und ich fuhren unsere zwei Runden und damit nichts verloren ging, mußte ich noch die zwei nicht verbrauchten Karten meiner großen Schwester abfahren.

Ich möchte nicht vergessen zu erwähnen, daß die Menschen damals in Ostpreußen sehr bescheiden, wenn nicht arm lebten. Man erzählte mir von Leuten, die ihre Kinder zum Winter einnähten, nur Öffnungen für die Notdurft blieben. An Waschen war damit in den Wintermonaten nicht zu denken. So ärgerte es meinen Vater auch sehr, daß ich als kleiner Gnaschel zum Frisör mußte, insbesondere, weil er solche Kosten selbst nicht kannte. Er hatte schon damals eine Glatze, auf der in der Mitte drei Haare prangten, die jeden Tag mit Pomade in einer Bürste am Kopf festgebürstet wurden. Also, ich mußte zum Frisör und das kostete Geld. Mein Vater kaufte bei seinem nächsten Besuch in Königsberg eine Handhaarschneidemaschine. Mit dem Bemerken, daß sei ja lächerlich, ich solle mich hinsetzen, er werde mir in Zukunft die Haare schneiden. Als der Vorgang schon in vollem Gange war, kam meine Mutter dazu und sagte: „Um Gottes Willen, Hans, es ist ja alles schief und krumm." Mein Vater ließ sich nicht beirren. Er setzte sein Werk fort, als man mir eine Mütze übergestülpt hatte. Dann soll meine Mutter es doch machen, wenn sie es besser könne. Sie konnte nicht mehr, das Ende war eine Glatze und die Tränen rollten mir nur so runter. Ich solle mich nicht so anstellen, sonst gäb's noch was. Nach einer Weile kam meine Mutter mit der Bilderkiste und zeigte mir ein Bild: Ihr Bruder Hermann mit geschorenem Kopf vor einer Ziegenkutsche. Das wurde früher auf dem Land immer so gemacht. Die kleinen Jungen wurden immer kurz geschoren, schon wegen der Läuse. Nun war ich einigermaßen beruhigt. Erst am nächsten Tag in der Schule erwartete mich ein Mordsgeschrei. Die Jungen hatten sich auf einen Chor eingestimmt, der hieß Glatzminister Dr. Göbbels, Glatzminister Dr. Göbbels ... Ich weiß bis heute nicht, wie sie gerade auf Göbbels kamen, dem ja manches fehlte, aber bestimmt kein Haar.

Wegen der Sparsamkeit meines Vaters, auch seiner Familie gegenüber, aber sicher auch wegen des wirklich relativ kleinen Familieneinkommens und der sich zwangsläufig daraus ergebenden Spannungen zwischen meinen Eltern, wurde von meinem Vater folgende Lösung gefunden: Meine Mutter kann das Geld verwenden, das sie aus dem landwirtschaftlichen Teil des Pfarrhofs über den Eigenbedarf hinaus erwirtschaftet. Dies bezog sich im Grunde nur auf die Obstbäume, denn alles andere wurde von uns verbraucht. Aber der Obstgarten war sehr ergiebig und in sehr guten Jahren so reichlich, daß der Garten für die Ernte verpachtet wurde. Der Pächter mußte täglich eine bestimmte Menge Obst bei uns abliefern, den Rest konnte er selbst verwerten und zahlte dafür eine Pacht. Er wohnte in dem kleinen Haus zwischen Hof und Garten, das sich dem Pferdestall anschloß. In Jahren, in denen kein Pächter da war, betrieb meine Mutter mit unserem Mädchen das Geschäft. Jeden Tag kam kostenlos ein großer Kartoffelkorb voll Obst ins Armenhaus. Da wurde darauf geachtet, daß es sich um reife Birnen und Äpfel handelte, denn mit den Zähnen ging es den alten Leuten ja katastrophal. Der Verkauf wurde mit einem Maß durchgeführt. Ein Maß kostete soundsoviel. Immer war das Maß übervoll. Trotzdem hat meine Mutter damit manchen Kinderwunsch erfüllt und vielleicht auch mal etwas für sich und oft für den Haushalt, bei dem mein Vater alle technischen Errungenschaften als Kinkerlitzchen abtat, angeschafft, also eine gute Einrichtung.

Manchmal wurde sehr viel im Obstgarten geklaut und meine Mutter beschwerte sich darüber, weil die Diebe nicht nur das Obst stahlen, sondern auch noch die Bäume beschädigten. Sie rissen einfach die Äste ab und pflückten dann das Obst. Ein alter Mann aus dem Armenhaus, ein gewisser Ziegan sagte, er werde immer, wenn er kann, aufpassen. Es war ein sehr alter Mann, an dessen abgewetzter Jacke eine Unzahl von Blechplaketten angesteckt waren. Sie leuchteten wie Gold und stammten wahrscheinlich von der Kirmes oder vielleicht von einem Schützenverein aus besseren Tagen des Alten. Nun ja, fortan ließ er in der Erntezeit meine Mutter nachträglich wissen, wann er gewacht hatte und wann nicht. Sagte er, er hat gewacht, war er nicht dagewesen. Sagte er, er hat nicht gewacht, dann war er dagewesen und hatte sich durch Verkauf der Äpfel sein armes Leben ein wenig verschönt. Als die Zusammenhänge bei uns zu Hause sichtbar wurden, wurde die Geschichte beschmunzelt und nicht weiter verfolgt.

Als ich sieben Jahre alt war, fing ich an, mich für alles mögliche zu interessieren. Ich hörte nicht nur zu, was im Radio gesprochen wurde. Das Radio bestand aus einem Empfänger und einem Lautsprecher und ich fand es faszinierend, daß man an dem einen Gerät drehen mußte und dann kam aus dem Lautsprecher die Musik oder die Ansage. Um das noch weiter zu ergründen, verfolgte ich die Schnüre der Geräte bis zur Wand und untersuchte auch die Steckdosen. Gottlob hatten wir in Ostpreußen nur 125 Volt Strom, denn ich bekam einen Schlag, der mich zunächst sehr erschreckte, aber wohl auch in irgendeiner Form anzog. Ich tat es noch mehrmals und hatte ein Gefühl zwischen schön und schrecklich. Noch heute ist mir das in Erinnerung. Auch habe ich stets ein großes Interesse am elektrischen Strom behalten.

Sehr beliebt waren auch in dieser Zeit die abendlichen Gespräche, vor allem mit meiner älteren Schwester Sabine. Wir hatten damals noch ein gemeinsames Kinderzimmer. Nach dem Abendgebet wurde das Licht gelöscht und wir verhielten uns zunächst ruhig. Nach einer Weile ging es dann los, meistens spielten wir reiche Leute. Einer erzählte, was er alles hat und der andere versuchte, den Erzählenden anschließend zu überbieten. Zum Beispiel: Ich bin so reich, daß ich mein Geschirr in silbernen Schalen abwaschen lasse. Worauf ich dann sagte, ich bin so reich, daß ich das Geschirr nach Gebrauch einfach wegwerfe. Oder, ich reise mit einer Kutsche mit zwei edlen

Rappen. Worauf ich sagte, ich reise vierspännig und habe noch zwei Pferde im Stall, die ich gar nicht gebrauchen kann. Dagegen kam mein Schwesterchen nicht an und oft endete das Spiel mit ihren Tränen und der Feststellung: „Ich spiel nicht mehr." Doch am nächsten Abend ging es wieder von vorne los.

In dieser Zeit entdeckte ich auch zum ersten Mal meinen Körper. Bei meinen Untersuchungen war ich eines Abends in den kritischen Bereich gelangt und empfand bei der Berührung außerordentlich Freude. Heute würde ich sagen Lust, mal sehen, wie das weiter geht. Jedenfalls wurde das so entdeckte Gebiet seinerzeit von unserer Grete als Strullermatz bezeichnet.

In der Schule hatte ich keinerlei Probleme. Es genügte, was ich von der fleißigen, ehrgeizigen ausreichend begabten Sabine mitbekam. Ich konnte rechnen und schreiben wie jeder, der schon ein Jahr länger zur Schule ging, eben wie die Klasse meiner Schwester und dies ohne besonderen Einsatz. Nur mit dem K hatte ich Schwierigkeiten. Ich sagte noch als ich in die Schule kam bei Worten mit K, wenn ein Vokal folgte immer ein N., zum Beispiel kann – nann oder Kasten – Nasten oder Kugel – Nugel. Dies fand die Lehrerfamilie ganz entzückend, denn sie hieß Nugel. Das Soldatenlied „Wer will unter die Soldaten, der muß haben ein Gewehr, der muß haben ein Gewehr, das muß er mit Pulver laden und mit einer Kugel schwer ...", mußte ich der Lehrerfrau immer wieder vorsingen, die sich dann vor Lachen den Bauch hielt.

Mit der Elektrizität machte ich kurz vor Ausbruch des Krieges noch eine Erfahrung, allerdings nur als Zuschauer. Dennoch hat mich dieses Erlebnis trotz meiner Neugier mit Strom doch immer eher vorsichtig umgehen lassen. Über unseren Hof wurde eine Starkstromleitung gelegt und ich schaute den Vorbereitungen und der Durchführung mit großem Interesse zu. Auf einmal stürzte eine Leiter um, auf der ein Mann stand und einem anderen, der mit Haken an den Schuhen auf einen der Maste geklettert war, versuchte etwas zu bringen. Offensichtlich hatte sich die schon unter Strom stehende Leitung gelöst und war auf den herunterfallenden Mann gestürzt. Die Bergung des Mannes und die stundenlangen Wiederbelebungsversuche durch ständiges Strecken und wieder Beugen der Arme und festes Drücken derselben auf die Brust des Verunglückten, hatten mich tief beeindruckt und auch die Tatsache, daß der schon blau angelaufene Mann überlebte, hat dieses wohl nicht geändert.

Ungefähr in dieser Zeit hatte unser langjähriges Mädchen, die Alma, uns verlassen und meine Großmutter Finck, die ja schon Hausdame auf einem Gut war und bei der die Schmiedetochter Herta Dietrich als Hausmädchen arbeitete, schickte uns deren Schwester Grete auf Probe, die dann aber nach der Probezeit blieb. Grete hatte sieben Schwestern und einen Bruder. Grete war ein tüchtiges, junges Mädchen, das nicht gerade hübsch, vielleicht ein bißchen männlich, aber durchaus fesch und energisch war.

Inzwischen war die Bewerbung meines Vaters als Standortpfarrer in der Garnisionsstadt Deutsch Eylau in Südwestostpreußen nahe der polnischen Grenze angenommen und meine Mutter überfiel eine große Traurigkeit. Sie weinte tagelang, weil sie sich nicht vorstellen konnte, wie sie als Mensch der Natur ohne Tiere, ohne Acker, ohne das Landleben froh sein könnte. Der Umzug wurde vorbereitet und alles war detailliert geplant, wie es bei meinem Vater gar nicht anders möglich gewesen wäre. Der Termin war auf Anfang September 1939 festgelegt, da brach der Zweite Weltkrieg aus. Wir zogen nach Deutsch Eylau. Mein Vater konnte seine Militärpfarrstelle nicht antreten, sondern wurde bei der allgemeinen Mobilmachung als Oberleutnant der Reserve in den Polenfeldzug gerufen.

Gerade jetzt, am 16. Februar bricht der Golfkrieg aus. Welch ein makabrer Zufall, soeben wollte ich erzählen, wie es war, als der Zweite Weltkrieg ausbrach.

Also: Da die Berufung meines Vaters jedoch bereits abgeschlossen war, fand dieser Umzug nach Deutsch Eylau wie geplant statt.

Als Standortpfarrer stand meinem Vater eine Dienstwohnung zu. Da der General sich gerade ein Haus gebaut hatte, stand seine bisherige Wohnung in der Villa Margarete in der Adolf-Hitler-Straße, früher Parkstraße zur Verfügung, eine wahrhaft herrschaftliche, große Wohnung. In dem Haus gab es sechs Wohnungen. Eine kleine Wohnung im Dachgeschoß, der Rest war Bodenraum. Das Erdgeschoß enthielt zwei Wohnungen, eine vom Vordereingang zu begehen. Dort wohnte Studienrat Treichel mit seiner Frau und seinen drei Kindern Helke, Karin, Jörg. Die zweite Wohnung wurde von einem Elektroingenieur mit seiner Familie bewohnt, eine Familie mit zwei Kindern. Im Souterrain wohnte der Hausmeister Liedke in zwei kleinen Räumen, die Familie hatte zwei Kinder. In der anderen Wohnung im Souterrain wohnte ein Berufssoldat mit seiner Familie und auf dem Hof gab es noch ein sogenanntes Hinterhaus mit zwei Familien.

Unsere Wohnung in der ersten Etage umfaßte die Größe der beiden Erdgeschoßwohnungen und bestand aus vier großen Wohnräumen in einer Zimmerflucht zur Straße Eßzimmer, Wohnzimmer, Herrenzimmer und Salon. Vor dem Wohnzimmer und dem Herrenzimmer war eine große Loggia, die man vom Wohnzimmer und der Loggia begehen konnte. Zur anderen Seite gab es zwei Kinderzimmer, ein Elternschlafzimmer, ein Bad und eine Toilette. Zum Wohnungseingang öffnete sich eine große Diele, von der man in eine Glasveranda gelangte, die dem Bad, der Toilette und einem Teil der Diele vorgelagert war. Auch extra zu begehen war die große Küche mit zwei Mädchenzimmern, der Speisekammer und der Besenkammer. Eine wirklich großzügige Wohnung.

Zu der Wohnung gehörte ein für Stadtverhältnisse großer Garten. Treichels Garten grenzte an unseren. Allen Bewohnern stand ein großer Hofplatz mit Wäschetrockenplatz und Teppichklopfstange zur Verfügung. Auch gehörte zu jeder Wohnung ein mehr oder weniger großer Keller und Bodenraum. Die Zentralheizung wurde für das ganze Vorderhaus mit Koks im Keller betrieben.

Deutsch Eylau war eine Garnisionsstadt mit ca. 25.000 Einwohnern wunderschön von Wäldern umgeben und lag an dem einzigartigen 32 Kilometer langen „Großen Geserichsee" und dem „Kleinen Geserichsee". Beide Seen waren miteinander verbunden. Über die schmale Stelle der Trennung führte eine Brücke, die die Stadt miteinander verband. Der kleine Geserichsee lag vor dem größeren Teil der Stadt und der große Geserichsee erstreckte sich vor dem reinen Wohngebiet, in dem auch die Adolf-Hitler-Straße lag und ging dann in die reine Landwirtschaft über, wo hin und wieder ein kleines Dörfchen lag.

Unser Garten war nur 200 Meter vom Ufer des großen Sees entfernt. Wenn man vom Hof zum See ging, lag dort direkt ein Bootsverleih. Ging man die Adolf-Hitler-Straße ein Haus weiter, kam eine Nebenstraße. Nach den wenigen Häusern dieser Straße stand man vor dem Städtischen Strandbad. Das war eine große Anlage mit links und rechts einem langen Holzsteg in den See. Dazwischen ein Sandstrand fast wie am Meer, umgeben von Umkleidekabinen und Duschen und einem Kaffeerestaurant. Das Wasser fiel langsam ab, so daß der Nichtschwimmerbereich, der durch eine Leine abgegrenzt war, ca. acht Meter ins Wasser reichte, danach wurde es tief. In der Mitte zwischen den Stegen stand ein Sprungturm. Neben dem öffentlichen Strandbad gab es noch ein Wehrmachtsbad des Heereswassersportvereins. Dort war eine grüne Liegewiese und ein Bootshaus für Segel-, Ruder- und Paddelboote. Auch dieses stand wegen der Wehrmachtszugehörigkeit meinem Vater zur Verfügung. Im Bootshaus dieses Bades befanden sich auch Eissegelschlitten. Im Winter war der See zugefroren und die Brauereien schnitten das Eis für ihren eigenen Bedarf und zum Verkauf an die Bevölkerung. Das Eis wurde so gebunkert, daß es den ganzen Sommer zur Verfügung stand. Die Felder, auf denen das Eis geschnitten wurde, waren dann gekennzeichnet und abgesperrt, damit nichts passieren konnte.

Dort war ich nun gelandet. Mein Schulweg zur Volksschule führte mich über die kleine Brücke und wenn ich wollte, entlang dem kleinen Geserichsee, vorbei am Lyzeum für Mädchen, vorbei am Rathaus, das man noch gerade sah, vorbei an der Molkerei, die einen Teil ihrer Molke in den See abließ. Zunächst zur Freude der Fische, die sich hier besonders gern aufhielten und dann aber auch zur Freude der Angler, die hier viele Stunden standen und denen ich oft nach dem Schulweg länger als ich wollte und sollte zugesehen habe. Es ging dann weiter bis fast zum Ende des

Sees auf die Kasernen zu und noch einige hundert Meter auf der Straße. Da war die große Volksschule. Oder ich ging über die Brücke, bog nicht zum See ab, sondern an der Brauerei auf der einen Seite und dem Schiffsanlegeplatz auf der anderen Seite vorbei den kleinen Berg hoch, an der Eisdiele vorbei, über den Marktplatz, an dem auch unser Hauseigentümer sein Lebensmittel- und Kohlegeschäft hatte, Falk engros & detail am Rathaus, vorbei an dem Eisenwarenladen Schaudin und Bäcker Hoffmann, dann sah ich auch schon meine Schule.

Das war eine arge Umstellung für mich; aus dem Schutz der Dorfschule mit dem Vater im Rücken, nun völlig ungeschützt in eine so große Schule zu gehen mit vielen beängstigenden Lehrern und Schülern. Noch waren die Lehrer nicht so mein Problem, denn ich zehrte noch von dem durch meine Schwester Sabine Vorgelernten, aber die Mitschüler. Die merkten nämlich bald, daß ich, um es vorsichtig auszudrücken, ein eher schwächlicher Zeitgenosse war. Es war die größte Freude meiner neuen Kameraden, mich zu provozieren und mich in einer Ecke des Schulhofes zu verprügeln. Dies wollte ich auf gar keinen Fall einreißen lassen. Aber ich war auf diesen Fall nicht vorbereitet und wußte mir zunächst auch keinen rechten Rat, wie man sich davor schützen kann. Nach einigen Wochen näherte sich mir immer häufiger Gerd, der Sohn des Bäckermeisters Hoffmann und nach anfänglicher Unsicherheit entwickelte sich nach kurzer

Zeit eine Kameradschaft, aus der eine Freundschaft wurde. Ich wurde nun oft eingeladen, noch nach der Schule vorbeizukommen und das tat ich gerne. Hoffmanns waren sehr nette Leute und außerdem hatten die feine Kuchen, gutes Eis und nette Töchter. Gerd hatte noch einen anderen Freund in unserer Klasse, der ein paar Häuser weiter wohnte, Bernd Schmidt, der Sohn des Zahnarztes. Auch mein Verhältnis zu Bernd begann sich zu bessern und meine Schwierigkeiten auf dem Schulhof nahmen ab. Eher kam es häufig zu Eifersüchteleien zwischen Bernd und Gerd und dann ging es um mich. Trotz meiner schlechten Vorbereitung hatte ich also Glück gehabt, diese Freunde zu finden. Gerds Vater war Bäcker und nicht an der Front, dafür aber Bonze in der Partei. Ein naher Verwandter war der bekannte Naturfotograf Georg Hoffmann, der später Hoffotograf von Adolf-Hitler war. Bernds Vater war Offizier und an der Front. Bernd liebte seinen Vater, wollte damals am liebsten Soldat sein, sammelte Gewehre und Stahlhelme und machte mit den Gewehren auch Jagd, mindestens auf Spatzen und Krähen. Später als sein Vater gefallen war, änderte sich das.

Sabine, meine ältere Schwester, kam nach ihrem letzten Jahr Volksschule in Deutsch Eylau auf's Lyzeum und war sehr fleißig und litt, wenn sie nicht immer erfolgreich war. Zu dieser Zeit wurde auch meine kleine Schwester Annegret eingeschult. Für mich war die Zeit bis zum Gymnasium, nach Überwindung der anfänglichen Prügeleien, sehr schön. Ich entdeckte vieles, was mir unter der Kontrolle und Enge des Dorflebens bisher verschlossen geblieben war. Wenngleich ich auch zu Hause noch gerne mit meiner kleinen Schwester auf der Veranda, die zum Spielzimmer umfunktioniert worden war, spielte, sie mit Puppen in einem großen Puppenhaus und ich mit Soldaten, die dann auch bei ihr zur Einquartierung kamen, so verbrachte ich doch die Hauptzeit außerhalb des Hauses.

Im Garten, wo ich zwei kleine Zwerghasen hielt, die ich beobachtete, aber auch so dressierte, daß sie allerhand Kunststücke, sehr zum Erstaunen der Besucher, vorführen konnten; am See, wohin ich allein und mit Freunden zum Angeln ging, mal vom Ufer aus und mal mit dem kleinen Ruderboot „Wipchen", das einem Freund gehörte. Die größte Freude war, wenn der Fang dann anschließend für uns von Grete gebraten wurde. Ich lernte schwimmen und Schlittschuh laufen, tat also alles, was mich der Vorstellung von einem richtigen Jungen näherbrachte. Daraus ergab sich allmählich, daß das Verhältnis zur behüteten Familie sehr viel loser wurde.

Mein Vater war nach dem Polenfeldzug in Frankreich und kam anschließend nach Rußland, wo er dann auch in dem von ihm gewünschten Beruf als Wehrmachtspfarrer tätig sein konnte. Einmal im Jahr bekam er Fronturlaub. Das wurde für mich immer etwas aufregend, denn mit jedem Jahr fingen meine schulischen Leistungen an zu sinken, vor allem natürlich, seitdem ich auf dem Gymnasium war und die Ankündigungen von dem schlimmen Ende, das es mit mir nehmen würde, verstärkten sich. Wenn uns in dieser Zeit seine Eltern besuchten, wurde der Druck etwas gemildert. Ich erinnere mich an die gemeinsamen Spaziergänge, bei denen, die Familie korrekt angezogen, die Kinder vorne, ohne vom Weg abweichen zu dürfen, die Eltern hinterher, auf vorgeschriebenen Wegen spazierten. Mein Vater meist nicht in Uniform wegen der vielen Grüßerei, dafür aber bei größter Hitze mit Hut, leichtem Mantel und Sommerhandschuhen, wobei der rechte Handschuh lässig von der behandschuhten linken Hand umklammert wurde, manchmal auch noch ein leichtes Spazierstöckchen über dem Arm. Meine Mutter, dieses Naturkind, wollte so gerne mal links, mal rechts in die Wiese oder in den Wald springen, um ein Blümchen zu pflücken, das war aber nicht erlaubt. „Hans guck doch mal da, die entzückenden Leberblümchen, soll ich nicht mal eben ein kleines Sträußchen pflücken?" „Also hör mal, das ist ja lächerlich. Blumen blühen überall und jedes Jahr wieder. Du wirst Dir nur deine Schuhe versauen, das ist ja wirklich lächerlich." „Nein, nein, ich dachte ja nur." Also diese Spaziergänge waren nicht locker.

Gern kontrollierte mein Vater in seinen wenigen Urlaubstagen auch das sogenannte gute Silber, das in dem Silberfach im Eßzimmer aufbewahrt wurde. Wehe, es war ein kleines Kaffeelöffelchen nicht an seinen Platz zurückgekehrt und womöglich auch im Küchenschrank nicht sofort aufzufinden, dann hatten meine Mutter und unsere Grete nichts zu lachen, das konnte meinen Vater sehr aufregen und böse machen. Er ging aber auch gerne mit seinem Freund Oberst Werner mit Frau Ruth und meiner Mutter zum Segeln oder Paddeln und das war wohl weniger problematisch. Auch traf er sich mit Kurt Werner gerne mal zur Jagd.

Einmal war die Großmutter Finck bei so einem Urlaub für einige Tage da. Ich erinnere mich, sie brachte immer schöne Geschenke mit. Dieses Mal waren es drei Seidenhemden für mich in rosa, blau und gelb. Mein Vater konnte sich über diesen Blödsinn, wie er sagte, überhaupt nicht beruhigen. Die Großmutter hatte uns ein Sommerhäuschen für Hühner bauen lassen und jedes Jahr im Frühling schickte sie eine große Kiste, oben mit Draht vernagelt und Stroh auf dem Boden mit acht lebenden Hühnern, die legten bis der Winter kam, dann wurden sie geschlachtet und eingekocht. Unter dem Stroh in der Kiste waren Kartons gefüllt mit Eiern.

Bei dieser Großmutter, die immer sehr gepflegt aussah, eine richtige Dame, stets umgeben von dem Duft von uralt Lavendel, durfte ich mein erstes technisches Erfolgserlebnis haben. Ihre Uhr war kaputt und ich brachte sie wieder in Gang. Ich weiß nicht, was ich gemacht habe, aber sie ging wieder. Meine Großmutter bewunderte mich und ich war stolz und habe später vor kaputten Uhren keinen Respekt gehabt. In den meisten Fällen hatte ich Erfolg.

Meine Mutter hatte sich viel schneller als erwartet in Deutsch Eylau eingelebt. Die Offiziersfrauen luden sich gegenseitig ein und es entstanden manche Freundschaften, die viele Jahrzehnte hielten. Außerdem entstand eine Familienfreundschaft mit der Familie Treichel, die unter uns wohnte. Im Gegensatz zu früher wurde ich nun gern feingemacht und lernte, die Besucher standesgemäß zu begrüßen, wozu auch stets ein Handkuß für die Damen gehörte. Das fanden die Damen entzückend und mir gefiel das auch. Frau Treichel, später Trinchen genannt, stammte aus einem Pfarrhaus in Gumbinnen. Ihr Mann war im Krieg. Wenn er auf Urlaub kam, hat er mit seinen Kindern ständig etwas unternommen, mit ihnen gespielt und getobt und auch geturnt in der Turnhalle des Gymnasiums und meine kleine Schwester und ich durften dabeisein. Die älteste Tochter Helke war die Freundin von Annegret und die kleine Karin, die einiges jünger war als ich, war meine erste „große Liebe". Da mein Vater einmal geweissagt hatte, bei mir würde es äußerst zum Heringsverkäufer bei der Kolonialwarenhandlung Falk oder vielleicht zum Milchwagenverkäufer reichen, fragte ich sie einmal ob sie mich auch dann heiraten würde, wenn dieser Beruf eintreten würde. Sie sagte ja, nur die Klingel von dem Milchwagen wollte sie nicht betätigen. Dann gab es noch den kleinen Jörg. Der war manchmal etwas aufregend. Einmal stürzte er samt Blumenkasten aus dem Fenster, unter dem wir spielten. Wir haben ihn noch halb aufgefangen, es war ihm nichts passiert. Regelmäßig pinkelte er mit dem kleinen Jungen vom Hinterhof, Daniel Braun, in deren Regentonne, in der dann anschließend die korpulente Mutter von Daniel die Möhren für die Mahlzeit abwusch. Einmal hatte Jörg ein Röhrchen Tabletten gegessen. Der Vater war gerade in Urlaub. Er holte keinen Arzt, sondern hielt den Jungen wach durch Zwicken, Kneifen und Klopfen, bis die kritische Zeit vorüber war, wie er sagte und der Jörg hat's gut überstanden.

Für meine Mutter wurde auch der See zu einem wichtigen Teil ihrer Freizeit, die sie, dank Grete im Gegensatz zu unserer Zeit auf dem Land, nun reichlich hatte. Vor allen Dingen Paddeln, Segeln und Kränzchen waren sehr beliebt.

Für mich kam ein wichtiger Schritt beim Eintritt ins Jungvolk. Ich fand das zwar toll und wollte gerne alles machen, aber meine Unsportlichkeit und auch Reste der Ängstlichkeit standen im Wege. Mein Freund Bernd hatte gar keine Freude am Jungvolk. Er schwänzte so oft er konnte und beschäftigte sich seit dem Tod seines Vaters lieber mit Tieren; Hasen, Tauben und Hühner waren ihm wichtiger. Gerd dagegen war ein aktiver und interessierter Jungvolkmann. Ich weiß, einmal war Boxen befohlen. Eine Horde mußte gegen die andere mit Auslosung boxen. Ich versuchte, mich mit wackelndem Zahn zu drücken. Es war nicht möglich, ich bekam Befehl zu boxen und erlitt, wie erwartet, eine böse Niederlage. Das gefiel mir nicht. Ich überlegte, wie ich diesem ständigen Sportvergleich entgehen könnte und meldete mich um zu einem Jungzug, der Modellkriegsschiffe und Modellfahrzeuge baute. Das war die richtige Entscheidung und ich wurde hier auch bald zum Hordenführer befördert, was ganz in meinem Sinne war. Ich fand es toll, gegrüßt zu werden, anerkannt zu sein. Meine Mutter hatte mir alles besorgt, was zu einer ordentlichen Uniform gehörte, auch einen entsprechenden Schulterriemen. Einmal, als ein Besuch des Bannführers anstand, ich war gerade zum Jungsschaftsführer befördert, hatte ich kurz vor dem großen Appell wohl vor Aufregung ein menschliches Rühren. Ich rannte fast panisch in den Wald und büßte dabei meinen neuen Schulterriemen ein. Ich mußte ihn zurücklassen, weil er in das Ergebnis meiner Bemühungen gefallen war. Dieser Verlust hat mich sehr bedrückt. Der Versuch, den Riemen in Ruhe zu finden und zu reinigen, mißglückte, ich habe die Stelle nicht mehr gefunden. Angeregt durch die vielen Nachrichten, das Militär, die Parteiuniformen und das Jungvolk waren auch unserer Freizeitspiele meist Kriegsspiele. Wir bauten uns auf dem Hof einen Bunker mit Offiziers- und Mannschaftsraum und spielten Soldaten. Meine unmittelbaren Freunde und ich waren die Offiziere, je nach Stand der jeweiligen Hackliste mal General und dann wieder mal drunter. Wer mitspielen wollte und das war eine große Schar, waren die Soldaten. Mit dieser Truppe haben wir regelrechte Schlachten gegen andere Gruppen geführt, vor allem gegen Gruppen aus der polnischen Siedlung Kajerek. Im Wald neben dem Sportplatz hinter dem Gymnasium war ein Sumpfgebiet. Hier hatten wir in den Bäumen unsere Burgen. Die im Sumpf festeren Grasflächen wurden abgestochen und lose in den Sumpf gelegt. Der Kampf wurde für eine bestimmte Zeit vereinbart. Wenn die Angreifer dann kamen, rannten sie mit ihren Waffen, Stöcken und Schleudern, später auch mal Luftgewehre, auf unsere Burgen zu und stürzten auf den losen Grasbüscheln in den Morast. Ich wundere mich heute noch, daß da nicht mehr passiert ist.

In unserem Bunker auf dem Hof habe ich auch meine ersten Zigaretten geraucht. Anschließend wurde dann Zahnpasta gegessen und meine kleine Schwester mußte unter Androhung furchtbarer Strafen bei Verrat riechen, ob die Paste gewirkt hat. Inzwischen waren Treichels nach Riesenburg gezogen, wo Herr Treichel zum Direktor des dortigen Gymnasiums berufen wurde. Er konnte seinen Dienst nicht antreten, er war inzwischen gefallen. In die Wohnung zog eine Familie Ner, weitläufige Verwandte des Hauseigentümers Ner, ein strammer Parteimann.

Kurz vor dem Auszug von Treichels ereignete sich folgende Geschichte: Herr Treichel hatte Urlaub und es war kurz vor Weihnachten. Wie war es für ihn schön ohne Uniform als Zivilist ein paar Tage bei der Familie zu sein. Das Wetter war kalt aber trocken. Ein Spaziergang stand auf dem Plan und Herr Treichel wollte noch schnell seinen grauen Wintermantel holen, da war die gute Laune hin, der Mantel war weg. Frau Treichel konnte es nicht erklären und das Dienstmädchen auch nicht. Die Kinder waren zu klein, um etwas damit zu tun zu haben. Nach längerem Suchen und Diskutieren nahm Frau Treichel ihren Mann an die Seite. Sie erzählte ihm von dem Mädchen, das einen Freund habe, der nicht eingezogen wurde. Man wisse nicht so recht, wovon er lebt, da wäre es wohl denkbar, daß das Mädchen den Mantel entwendet hat. Dann ging es schnell. Die Polizei wurde gerufen. Sie begann mit der Vernehmung des Mädchens , die stritt weinend aber beharrlich den Diebstahl ab. Als die Polizei auf ihren Freund zu sprechen kam, bat sie, um Gottes Willen den Freund aus dem Spiel zu lassen. Die Polizei glaubte nun, daß der Verdacht zu Recht bestehe. Die Überprüfung der Personalakten des jungen Mannes ergab, bis auf eine kleine Unregelmäßigkeit während seiner Lehre, keine Auffälligkeiten. Doch die Polizei erwirkte einen Durchsuchungsbefehl in der Wohnung des Freundes und siehe da, der Mantel hing in seinem Schrank. Die von Frau Treichel gemachten Angaben über die Stoffstruktur und die Herstellerfirma stimmten überein. Herr und Frau Treichel bestätigten, daß dieses der Mantel sei. Der Mantel wurde beschlagnahmt und Herrn Treichel zurückgegeben. Gegen den jungen Mann wurde Strafanzeige erstattet. Diebstahl am Eigentum eines Soldaten wurde schwer bestraft in diesen

Tagen. Das Mädchen wurde natürlich sofort entlassen. Alle Beteuerungen nützten nichts, der Beweis war erbracht.

Kurz nach Weihnachten kam dann mein Vater in Urlaub. Als er seine Uniform weghängte, sah er einen Mantel in seinem Schrank, der ihm nicht gehörte. Er rief meine Mutter, die sich das auch nicht erklären konnte. Man vergaß zunächst die merkwürdige Geschichte. Aber am Tag darauf fiel es meiner Mutter wie Schuppen von den Augen, das war der Mantel, der so viel Aufregung bei Treichels ausgelöst hatte und weshalb das Dienstmädchen und ihr Freund auf Prozeß und Verurteilung warteten. Aber wo kam jetzt dieser Mantel her? Gab es den Mantel zweimal? Und wie kam er in unseren Schrank?

Jeden Herbst wurden in der sogenannten guten alten Zeit in Ostpreußen die Wintersachen ausgemottet aus den Kisten und Schränken, in die sie im Frühjahr mit Mottenkugeln verstaut worden waren. Zum Ausmotten gehörte auch das Auslüften auf der Leine im Freien. So entschloß sich meine Mutter bei passendem Wetter im Oktober, die Aktion durchzuführen. Frau Treichel hatte dieselbe Idee und lüftete einige Meter weiter die Wintersachen ihrer Familie. Unsere Grete und Treichels Mädchen bürsteten am Abend die Wintersachen noch aus und dann kamen sie in den Schrank.

Auch Herr Treichel hatte viele Mäntel, da kam es wohl keinem in den Sinn, daß einer fehlte.

Seinen Mantel hatte nämlich die Grete aus Versehen in ihren Korb gelegt und damit diese schlimmen Folgen ausgelöst. Es gab also den Mantel zweimal. In die Wohnung von Treichels zog die Familie Ner. Die Familie hatte drei Kinder. Frau Ner war eine korpulente, emotionale und mit Schmuck behängte, etwas ordinäre Person. Ihr Mädchen wurde schlecht behandelt und als sie eines Tages einen Selbstmordversuch machte und es auf Leben und Tod stand, schrie Frau Ner laut durch's Haus: „Wenn ich diesem Mädchen je ein böses Wort gesagt habe, dann soll mich Gott an meinen Kindern strafen". Wenige Wochen später gab es eine Diphterieepedemie und alle Kinder der Frau Ner erkrankten und starben. Ich habe diese Geschichte nie vergessen können.

Meine Leistungen in der Schule ließen aufgrund meiner vielen anderen Interessen mehr und mehr nach, besonders in Latein. Hier kam unglücklich dazu, daß der Lehrer auch nicht gerade besonders pädagogische Fähigkeiten hatte. Das Niveau der Klasse war insgesamt schlecht. Er sprang wütend mit dem Stock schlagend durch die Klasse. Nicht selten hat er, wo er traf, einen Schüler blutig geschlagen, der Herr Studienrat Jans. Jedenfalls wurde meine Mutter in die Schule bestellt und mußte sich bei dem Direktor Schmidt melden, dem Nachfolger des alten, ehrwürdigen Direktor Sinnhuber, der inzwischen pensioniert war. Meine Mutter trat ein und sagte: „Guten Tag, Herr Schmidt." Sie wurde wieder rausgeschickt mit dem Hinweis, sie solle noch einmal hereinkommen mit dem Gruß „Heil Hitler", wir leben schließlich in Deutschland. Meine Mutter kam von diesem Besuch erschüttert zurück und als mein Vater einmal in Urlaub kam, hat sie ihm das erzählt. Da hat sich mein Vater furchtbar aufgeregt. Er kannte den Schmidt als Soldaten und wußte, daß er, als er die Front verlassen durfte, unverhohlen seinen Vorgesetzten darauf aufmerksam gemacht hat, daß ihm wohl noch eine Auszeichnung zustehe und daß er die wohl für seine zukünftige Arbeit brauche. Jedenfalls war der „Schmidtchen Wichtig", dies war sein Soldatenspitzname, ein großer Genosse. Bei allen größeren Veranstaltungen mußten wir Schüler in Uniform erscheinen und vor dem Gymnasium geordnet antreten. Die wichtigen Lieder wurden gesungen und die Fahne geehrt und große Reden auf Volk und Führer gehalten. Mein Vater wollte ihn sich nach dem Krieg einmal vorknöpfen.

Inzwischen war mein Freund Gerd Hoffman schwer erkrankt und konnte ein Jahr die Schule nicht besuchen. Zwangsläufig wurde er zurückgestellt und war nicht mehr in meiner Klasse. Der Kontakt wurde auch lockerer, weil mein Freund Bernd mit seiner Mutter in die Wohnung von Werners gezogen war, uns gegenüber, da Werner versetzt wurde. Bei seinem letzten Heimaturlaub in Deutsch Eylau hatte Oberst Werner einen Wolf geschossen. Man sagte, der letzte Wolf von Ostpreußen, denn Wölfe hatte man Jahre nicht mehr in unseren Wäldern angetroffen.

Kurz bevor der Gerd krank wurde, hatten wir noch einmal ein Kriegsspiel von unserem Bunker im Hof ausgehend gemacht. Diesmal war Gerd der General. Er war so beschäftigt und auf die Aufgabe konzentriert, daß er zu lange gewartet hatte, Pipi zu machen. Er machte sich vor der Truppe in die Hose. Auch daran habe ich oft gedacht.

In unserem Viertel wohnten ein paar ältere Jungens, mit denen ich inzwischen auch befreundet war. Vor allen Dingen mit dem Sohn von unserem Hausarzt, Harro Ernst und seinem Freund, der Sohn eines Lehrers. Mit Harro durfte ich im Winter Eissegelschlitten fahren, das waren Kufenschlitten mit Segel, die über 100 Stundenkilometer Geschwindigkeit erreichten. Die Schlitten gehörten dem Heereswassersportverein. Das Segeln hat mich sehr beeindruckt und mir viel Freude gemacht. Auf dem Hof von Harro gab es auch so eine Art Bunker, allerdings mehr wie ein Anstand. Eines Tages haben die beiden mich eingeladen, doch einmal mitzukommen. Ich tat es und machte eine neue Erfahrung. Dieses war eine kleine Lasterhöhle von pubertierenden Jugendlichen. Ihre Spiele interessierten mich sehr. Allerdings mußte ich feststellen, daß bei mir im Vergleich etwas nicht in Ordnung war. Instinktiv habe ich dann durch vorsichtiges Ziehen nicht ohne Schmerzen die Vergleichbarkeit wieder hergestellt.

Meine Eltern und der Arzt meiner Kindertage hatten geschlafen. Die Freude meiner Heilung und die Freude an den Spielen wurde durch Gewissensbisse getrübt, die noch Jahre anhielten. Nach diesen Erfahrungen stieg aber mein Interesse an Mädchen sprunghaft an. Wann immer meine große Schwester Freundinnen bei sich hatte, war ich in der Nähe und fing an, mir vieles auszumalen und vorzustellen. Gerne hätte ich gewußt wie es bei Mädchen aussieht. Damals, als meine kleine Freundin Karin mit mir spielte, hatte ich noch kein Interesse. Warum bloß nicht, die hätte mich sicher mal gucken lassen.

Bisher hatte der Krieg zwar in Deutsch Eylau noch keine direkten Auswirkungen, aber die Hiobsbotschaften sickerten doch immer öfter durch. Bei uns wurde der Luftschutz mit Luftschutzwart und Luftschutzhelfer mehr und mehr organisiert. Ich mußte einen Kurs besuchen und wurde mit zwölf Jahren zum Luftschutzhelfer ernannt. Mir unterstanden zwei Häuser. Der Luftschutzwart war ein Lehrer meiner Schule, dem unterstand das ganze Viertel. Seine Frau war meine Englischlehrerin. Sie hatten einen Sohn, der war vorher großer Hitlerjugendführer gewesen, jetzt war er Soldat und an der Front.

Der Lehrer Nieh war ein netter, umgänglicher Mann, mit dem ich mich sehr gut verstand. Seine Frau dagegen war eine „Hundertprozent", wie man so sagte. Ein deutscher Junge macht das und dies, nicht aber dies und jenes. Der Führer, die HJ, alles das war das Größte. Grüßen muß man mit ganz ausgestrecktem Arm in Augenhöhe und deutlich Heil Hitler sagen, nicht nur so Grummeles. Dann fiel der Sohn. Die Frau war gebrochen, daß sie nicht verrückt wurde war ein Wunder. Ihr war es egal, was einer nicht sollte und wollte. Mühsam erfüllte sie ihre Pflicht, von der man merkte, daß sie ihr zur Last geworden war.

Mein Auftrag war es nun, jedenfalls bei Fliegeralarm danach zu sehen, ob alle Leute im Keller waren, ob alle ihre Gasmasken mithatten, ob überall das Licht ausgemacht war, beziehungsweise ob die Verdunklungsvorschriften beachtet wurden. Dem Luftschutzwart mußte ich die Ordnungsmäßigkeit melden. Der Luftschutzkeller war der zum Schutzraum umgebaute Kellergang des Hauses. Hier standen an einer Seite lauter Notbetten. Viele Bewohner kamen fast so, wie sie im Bett gelegen hatten in den Keller. Die Mutter von Pummel Braun setzte sich immer eine Pudelmütze auf und schlief sofort auf dem Notbett weiter. Andere waren aufgeregt und redeten und hörten. Es gab oft Alarm, aber Ernsthaftes war in unserer Stadt bis dahin gottlob nicht passiert.

Inzwischen hatten wir auch Einquartierung einer Lehrerin von Sabines Schule. Wir mußten ein Zimmer abgeben und meine Mutter hatte in dieser netten jungen Frau eine Freundin gefunden. Diese Freundschaft hält bis zum heutigen Tag an. Es war Irm Jeschke, ein unbeschwertes Mädchen aus Helmstedt bei Braunschweig, das dort in Deutsch Eylau unter durchfahrenden Soldaten den Mann für's Leben gefunden hat. Meine Schwester Sabine ist auch heute noch mit ihr befreundet. Sie sind nur zehn Jahre auseinander. Um diese Irm ranken sich viele nette Geschichten, vom Tannenzweig klauen im Gymnasiumsgarten bis zum Runterfallen des Rocks im Restaurant, was von Irm natürlicherweise mit dem Satz „Hasch mich, ich bin der Frühling" kommentiert wurde.

Einmal fühlte sich Irm nicht wohl. Es wurde Fieber gemessen. Das Thermometer zeigte Temperatur. Nach Tagen hatte sie immer noch Fieber, der Arzt verordnete weiter Bettruhe, sie fühlte sich aber inzwischen wieder gut. Meine Mutter gab ihr ein anderes Thermometer. Das war das Geheimnis, ihr Thermometer war kaputt und sie sprang fröhlich aus den Federn.

Eines Tages erschien mit Parteiuniform und ernstem Gesicht der Vater von Gerd Hoffmann bei uns, er müsse meine Mutter in einer heiklen Angelegenheit sprechen. Meine Mutter erschrak ein wenig und bat Herrn Hoffmann, Platz zu nehmen. Er trug dann weiter vor, es handle sich um einen hohen Offizier und die Angelegenheit erfordere größte Geheimhaltung. Es kam dann heraus, daß es sich um den ersten Diener von Adolf Hitler handelte, der seine Familie in seine Nähe aus dem gefährdeten Berlin holen wollte. Er selbst hatte seinen Sitz ja auf der Wolfsschanze, dem Führungshauptquartier bei Rastenburg. Die junge Frau zog also mit ihren zwei Kindern ein und manchmal wurde sie von ihrem Mann besucht. Es war eine angenehme Einquartierung, wenn es auch manchmal zu kleinen Ärgernissen kam, wie sie beim Zusammenleben wohl unvermeidbar sind. Einmal hatte Frau Linge weiße Wolle ausgewaschen und längliche Knäuel gewickelt. Zum Trocknen hängte sie diese vor das Fenster des ehemaligen Eßzimmers, das zur Straße zeigte. Es sah aus, als hingen da eine Reihe Damenbinden, worüber sich Grete und meine Mutter ziemlich ärgerten.

Nun ja, in der Diele der Wohnung hatte ich eine große Landkarte der Sowjetunion und der deutsche Ostgebiete aufgehängt, auf der ich jeweils bei den Nachrichten mit bunten Nadeln und Fähnchen die Veränderungen vermerkte. Als die Front näherrückte, zog die Familie Linge wie zufällig wieder fort.

Die Grete hatte inzwischen in Kriegstrauung ihren Fritz, einen jungen Mann aus ihrem Dorf geheiratet und erwartete ein Kind. Wir stellten ein weiteres Mädchen ein, die Russin Dingescha. Sie war vielleicht 18 Jahre alt, war selbst noch wie ein Kind und sehr nett und fleißig. Als einmal ein großes Gewitter kam, fürchtete sich Annegret sehr. Wahrscheinlich fürchtete sich Dingescha auch, aber sie tröstete meine kleine Schwester und beruhigte sie so nett und zärtlich, daß ich das bis heute nicht vergessen habe.

Auch meine Mutter erwartete ein Baby nach einer Pause von zehn Jahren mitten im Krieg. Meine Schwester Sabine hatte ihren ersten Verehrer, ein älterer Schulkamerad von mir, Colmar von der Golz. Er ließ sich häufiger bei uns sehen, aber meine Schwester war noch nicht soweit, so daß es nichts werden konnte.

Eine Ehe konnte aber in diesen Tagen gestiftet werden. Der Lieblingscousin meiner Mutter, Sohn der Schwester meiner Großmutter, Tante Lieschen, war noch unbeweibt, Ernst Vogelreuter, ebenso die Tochter Rosel Fahrnsteiner, Verwandte meines Vaters. Die Rosel hatte meine Mutter für Ernst ausersehen und lud die beiden nach Deutsch Eylau ein, wo sie scheinbar zufällig zusammentrafen. Sie haben eine sehr gute Ehe geführt, die durch den Tod von Ernst beendet wurde. Übrigens, die Mutter Lieschen besuchte uns auch gelegentlich zusammen mit ihrer Schwester, meiner Groß-mutter. Meine Großmutter, diese tüchtige und energische Frau, war in Gegenwart ihrer Schwester mit dieser und um diese herum außerordentlich vorsichtig und liebevoll. Es hieß, alle müssen leise und rücksichtsvoll sein, denn Lieschen sei sehr schwer herzkrank und jede Aufregung könnte ihr Ende sein. Die kranke Schwester hat meine Großmutter um viele Jahre überlebt.

Die Front rückte näher und die Sorge wurde auch bei mir größer, daß uns eine unbekannte, aber unheimliche Gefahr droht. Schreckliche Ge-schichten von den immer näherkommenden russi-schen Soldaten wurden häufiger erzählt. Mein Vater besprach Maßnahmen für den Fall aller Fälle. Erstens, nur die Kinder retten und wenn möglich, die wichtigsten Papiere, alles andere ist unwichtig. In meinem Zimmer waren an einer Wand Fotos von erfolgreichen Soldaten angepinnt: Mölders, Rommel, Dönitz und ähnliche, an der anderen Wand berühmte Filmschauspielerinnen, Ilse Werner, Zarah Leander, Herta Feiler und die von mir sehr geliebte Lale Andersen, die Frau mit dem Lied „Vor der Laterne vor dem großen Tor". Ich habe das Lied gesungen und gepfiffen, es ging mir manchmal Stunden nicht aus dem Kopf. Als in diese Zeit die Suche nach den Verschwörern gegen Hitler intensiv durch Ostpreußen ging, hätte ich sonst was gegeben und getan, um vor allem Gördeler zu fangen, wohl weil ich ahnte, daß mit dem Hitler unser Schicksal in gefährlicher Weise verkettet war. Meine Schwester Annegret erzählte mir viel später, daß ich ihr damals unter dem Siegel der Verschwiegenheit gesagt habe, Hitler muß siegen, denn wenn er nicht siegt, überläßt er uns dem Untergang und nimmt sich das Leben.

Meine Mutter wurde unruhig, trotzdem bauten wir ein festes Hühnerhaus im Garten. Meine Großmutter mußte das Gut, wo sie Hausdame war, aufgrund des Krieges verlassen. Sie kam nach Deutsch Eylau als Hausdame des Internats, das zum Lyzeum gehörte, in welches Sabine ging. Schon ein Jahr vorher hatten wir die Hühner zum Winter nicht mehr geschlachtet, sondern sie durften bei Fräulein Tham, die in dem ersten schönen Haus unserer Straße wohnte, ins Winter-quartier gehen. Sie hatte inzwischen Besuch von der Familie ihres Bruders, deren zwei Söhne waren das ganze Glück des ledigen Fräulein Tham.

Meine Mutter wollte die Hühner nun selber ziehen und im Mai 1944 gingen meine Mutter und ich in einen Nachbarort, nachdem bei einer eigenen Glucke, die wir auf zwölf Eier gesetzt hatten, die ersten Küken schlüpften, um noch weiter Eintagsküken in die Obhut der Glucke zu geben. Es waren immerhin vier Kilometer zu gehen und als meine hochschwangere Mutter und ich zurückwanderten, machten wir am Waldrand eine Pause. Als wir das Körbchen mit den Küken wieder an uns nehmen wollten, hatte sich eine Kreuzotter an den Korb geschlängelt und den Kopf sprungbereit auf unsere Küken gerichtet. Mit Schrecken und Stöcken haben wir unsere Tierchen gerettet. Am nächsten Tag wurde mein Bruder Hans Ulrich geboren.

Meine Schwester Sabine hatte so gar keine Beziehung zur Technik und auch nicht zu Tieren und ich habe sie eigentlich immer gerne geärgert und veräppelt. Auf ihre Frage, wo denn die Küken herkommen, erklärte ich ihr: „ Sieh Dir den kleinen Heizofen an, der in dem Kükenkäfig steht. Aus den kleinen runden Löchern kommen die Küken, wenn Du das Gerät anknipst". Sie staunte und konnte es nicht fassen, es waren die Löcher, aus denen die Wärme austrat.

Als mein Bruder geboren war, sprangen meine Schwester Annegret und ich wie die Verrückten in Haus und Hof herum und riefen: „Wir haben ein Brüderchen, wir haben ein Brüderchen!" Meine Schwester Sabine sagte, wir sollten uns schämen und an unsere arme Mutter denken, an ihre Schmerzen und daß sie im Krankenhaus liege, wir seien so herzlos. Sabine saß in ihrem Zimmer und strickte oder häkelte ein Babyjäckchen. Es war Spargelzeit und unsere Grete kochte fleißig Spargelsuppe für die Mutter, damit der Kleine auch reichlich zu trinken bekam.

Die Front rückte näher und meine Fähnchen auf der Karte marschierten immer mehr in westlicher Richtung. Aus der putzigen Strandgarderobe, die meine Mutter anläßlich unseres Cranzurlaubs gefertigt hatte, wurden Rucksäcke genäht, für jeden ein Rucksack mit Trägern und für jeden wurde eine Mindestausstattung in dem Rucksack verstaut. Für die wichtigen Papiere nähte sie eine Tasche aus Kunstleder, die man umhängen konnte. Vom Jungvolk wurde ein Sondereinsatz befohlen. Unter der Aufsicht von ausgedienten Soldaten und hohen HJ-Führern mußten wir Panzergräben um die ganze Stadt herum ausheben. Die Kreuzhacke, die mir in die Hand gedrückt wurde, war fast so groß wie ich, ich konnte sie nur mit Mühe betätigen. Uns wurde erklärt, daß die nach außen abgeflachten und zur Stadtseite steilen Gräben uns vor einem russischen Panzerüberfall schützen würden. Die Panzer fahren in den abgeflachten Graben und können dann die steile Wand nicht überwinden. Diese Aktion hat mich nicht überzeugt. Die Brücke über den kleinen Geserichsee wurde so verengt, daß man, wie man sagte, im Ernstfall die Brücke mit wenigen Griffen unpassierbar machen könnte.

Meine Mutter wollte meinen Berichten nicht glauben. Sie meinte, die Gräben würden wahrscheinlich für die Wunderwaffe benötigt und aus Geheimhaltungsgründen würde die uns gegebene Erklärung abgegeben, zumal derartige Gräben auch um viele Städte bis fast vor Berlin gebaut wurden. Die Wunderwaffe war ein ständiges Gerücht und meine Mutter glaubte daran, ich nicht.

Im September war der Sohn Fritz unserer Grete geboren, ein niedliches und gesundes Kind. Grete bekam immer mehr Angst und hörte nichts von ihrem Mann, sie zog wieder zu uns. Mein Bruder Uli wurde getauft. Die Pastoren waren alle im Krieg, die Taufe nahm ein längst pensionierter Pfarrer Jablonski vor. An der Stelle, an der es heißt: „Was ich jetzt tue, das weißt Du nicht, Du wirst es aber hernach erfahren" – sprach er die Worte: „Was ich jetzt tue, das weiß ich nicht, Du wirst es aber hernach erfahren." Na ja.

Es wurden Kisten gepackt, von denen man glaubte, daß man sie irgendwann gebrauchen könnte. Die Kisten schickten wir an Bekannte, nach Pr. Stargard und eine nach Roßla am Harz zu der Schwester von Pfarrer Mölleken, den wir noch aus Powunden kannten. Mit meiner Großmutter wurde vereinbart für den Fall, daß etwas passiert, sollte sie auf dem kürzesten Weg zu uns kommen. Das war auch mit der Lehrerin des Internats abgesprochen.

Der Winter 1944/45 wurde sehr kalt. Meine Schwester Sabine besuchte Mitte Januar eine

Freundin auf dem Land, zehn Kilometer von uns entfernt. Kurz darauf entstand große Unruhe. Soldaten fuhren in Richtung Front, andere zurück. Eine Nacht ging die Klingel, Soldaten auf der Durchreise suchten Quartier. Wir ließen die vielleicht 25 Mann bei uns ein und gaben ihnen zu essen, was wir hatten. Sie schliefen auf der Erde, auf dem Sofa, überall. Erfahren konnte man von ihnen nichts. Sie wußten wohl selber nichts. Meine Mutter hatte das so beunruhigt, sie ging zur Behörde. Aber man beruhigte sie, kein Grund zur Besorgnis, alles sei fest in der Hand, bei Gefahr würde rechtzeitig reagiert. Dann kämen in jedem Fall zuerst die Mütter mit Kindern in Züge und würden in sichere Gebiete gebracht, zur Panik bestehe kein Anlaß. Ich traf meinen Freund Gerd Hoffmann und wollte mir Zuspruch holen. Er sagte, im Ernstfall muß die Jugend gerettet werden und notfalls müssen die Eltern zurückbleiben, meine Sorge wurde größer. Meine Mutter bereute, daß sie meiner Schwester die Fahrt zur Freundin erlaubt hatte. Sie ging an die Straße und fragte jeden, der mit Pferd und Schlitten vorbeikam, ob er in Richtung des kleinen Dorfes fahre, dessen Namen ich nicht mehr weiß, bis sie einen gefunden hatte, der belohnt mit Schnaps und Zigaretten meine Schwester holen wollte. Meine Mutter war glücklich, als das Kind wieder da war. Meine Schwester war unglücklich, als ihr der Ernst der Lage klar wurde, daß alles zurückbleiben würde. Auch die mit viel Liebe und Fleiß gesammelten Heidelbeeren und Pilze, deren ratierlichen Verbrauch sie immer bewacht hatte. Jetzt holte sie von den Köstlichkeiten aus dem Keller und wir aßen ungeniert. Wir saßen an der Heizung in der Diele, dort war es warm und gemütlich.

Meine Mutter hatte mir verboten, dem Befehl des Jungvolkes zu folgen, mich zum Volkssturm zu melden, sie nehme das auf sich. Im Radio spielte das Lied: „Schau nicht hin, schau nicht her, schau nur gerade aus und was dann noch kommt, mach dir nichts daraus." Grete hatte Tränen in den Augen. Diese Stimmung werde ich nie vergessen. Als dann in der Nacht die Sirenen gingen und wir aus den Betten sprangen, dachten wir zuerst an Fliegeralarm aber es war schon soweit, 19. Januar 1945. Man hörte Schreie: "Die Russen kommen" und „Rette sich wer kann", „Der Bahnhof brennt", „Laufen Richtung Rosenberg". Über den für Fliegeralarm üblichen Trainingsanzug zog ich den Mantel, nahm den Sack mit dem Silber, der in der Diele stand und rannte runter. Ich holte den Schlitten aus dem Keller und schnürte den Silbersack darauf, weil er viel zu schwer war. Ich rannte zurück in die Wohnung. Meiner Schwester Sabine war es so schlecht, daß man sie fast mit Gewalt herausbringen mußte. Meine Mutter mit Kinderwagen, Grete mit Kinderwagen, meine Großmutter, die seit Jahren an offenen Beinen litt, meine Schwester mit schrecklicher Übelkeit, ich mit Schlitten und Silbersack und meine kleine

Schwester Annegret völlig verstört und verfroren rannte hinter uns her auf der Landstraße Richtung Rosenberg – eine Völkerwanderung, wie eine Ameisenstraße diese Flucht, hoher Schnee und 30 Grad Kälte. Das war unser Abschied von dem schönen Deutsch Eylau. Nach ca. fünf Kilometern fingen die Menschen an , ihre Habseligkeiten links und rechts der Straße abzulegen, sie konnten nichts mehr tragen. Dann eine Hilferuf neben mir. Die Frau des Studienrats Jans war gestürzt und konnte nicht mehr gehen. Er schrie weinend um Hilfe, ich gab meinen Schlitten mit dem Sack. Der Studienrat war so dankbar, setzte seine Frau darauf und zog sie nun durch den kalten Winter. Meine Großmutter mit ihren kranken Beinen konnte nicht mehr. Meine Mutter wußte nun auch nicht weiter. Als ein Konvoi mit deutschen Soldaten vorbeifuhr, wollte sie diese anhalten, keiner hielt. Ein wenig später eine neue Kolonne – einer hielt, er sagte er dürfe keinen mitnehmen, es sei streng verboten. Ich weiß nicht, was meine Mutter ihm gesagt hat. Dem Sinne nach wohl so, was er täte, wenn es seine eigene Mutter wäre. Jedenfalls nahm er sie mit und meine Mutter war froh.

Der damals übliche Einheitskinderwagen von Grete brach zusammen und Fritzchen machte große Schwierigkeiten bei der winterlichen Fahrt. Jedenfalls verlor sie den Mut und wollte zurück. Wenn es denn sein muß, wollte sie in Deutsch Eylau lieber umkommen als diesen Wahnsinn fortzusetzen. Nach 20 Kilometern kamen wir in

74

einem größeren Dorf an. Dort stand ein Zug mit Personen- und Viehwagen gemischt. Von dieser Fahrt, die in Dreidorf im Korridor endete, weiß ich nicht mehr viel. Ich glaube, die Freude über diesen Zug und die Erschöpfung ließen mich die meiste Zeit verschlafen. Von solchen Zügen war mir aber bekannt, daß, wenn einer starb, er auf Drängen der Menge aus dem Zug geworfen wurde, damit keine Krankheit ausbricht.

In Dreidorf kamen wir in ein Massenlager in der Halle eines Sägewerks, es war bitterkalt und wir hatten kaum was zu essen. Meine Mutter traf auf einem ihrer Wege zur Nahrungsbeschaffung den Direktor Schmidt in diesem Gebiet, wo jeden Tag Förster und andere Mitglieder von Behörden von der polnischen Bevölkerung erschossen wurden. Schmidt natürlich ohne Parteiabzeichen und ohne Heil Hitler. Meine Mutter hat ihm da die Hölle heiß gemacht für den Fall, daß er sich aus dem Staub macht und wir zurückbleiben.

In dem Zug nach Dreidorf erinnere ich mich an ein Zusammentreffen mit meinem Freund Bernd und seiner Mutter. Sie schenkte mir ein Taschentuch. Ich weiß nicht, warum und woher, denn sie hatten auch kein Gepäck.

Im Sägewerk trafen wir die Familie Jungblut. Die Frau dieses hohen Offiziers hatte ein ausgeprägtes Organisationstalent, aber auch ein Baby und einen kleinen Kurzhaardackel Heidi. Sie redete mit dem Sägewerkbesitzer und wir erhielten einen Raum in seinem Haus, Grete mit Fritzchen,

Frau Jungblut mit ihren drei Kindern und Hund und meine Mutter und wir vier. Der Raum war geheizt. Da ich wie die meisten auf der Erde schlafen mußte, war ich dankbar, daß der Hund sich immer zu meinen Füßen legte.

Vor dem Lager standen immer häufiger Kinderwagen mit einem Zweig auf der Decke. Das hieß, Kind gestorben. Wenn die drei Frauen auf Nahrungssuche gingen und was besorgt hatten, konnte es sein, daß ein Pole bewußt gegen den Milchtopf rannte und das kostbare Naß auf die Straße lief. Meine Mutter hatte bis dahin genährt, aber durch die Aufregung war die Milch ausgeblieben. Unsere Grete nahm unseren Uli mit an die Brust und hat dadurch meinem Bruder das Leben gerettet und Fritzchen mußte mit weniger auskommen. Der Sägewerkbesitzer vertraute uns an, er wolle mit seiner Frau fliehen, sein Leben sei durch die Polen in Gefahr und bot uns an, alles zu nehmen, was wir brauchen, es wäre ja für ihn sowieso verloren. Wir taten es nicht. Nur Grete nahm sich eine dicke Wollhose, weil sie es so an der Blase hatte. Als die Flucht des Sägewerkehepaars mißlang und sie wieder zurückkamen, sagte die Grete, sie gibt die Hose nicht mehr raus, sie braucht sie. Es hat sie dann auch keiner danach gefragt. Frau Jungblut hatte über das Militär Kontakt zum Jagdgeschwader Mölders in Danzig aufgenommen und sollte sich mit ihren Kindern dort melden.

Übrigens, wir haben uns in der Zeit nie ausziehen können. Die Kinder von Frau Jungblut hatten sogar immer ihre Pudelmützen auf, weil Frau Jungblut sagte, es könne jeden Augenblick was passieren und dann habe sie keine Zeit, sich um das Anziehen zu kümmern. Am Kinderwagen von Frau Jungblut hing ein blecherner Nachttopf. Der war, wenn mal etwas für den Hund übrigblieb dann auch sein Freßnapf.

Frau Jungblut organisierte mit Hilfe des höchsten Militärs ihre Fahrt nach Langfuhr. Meine Mutter bat sie dringend, sie begleiten zu dürfen. Sie durfte und ich fuhr mit auf den Flughafen des Jagdgeschwaders Mölders und meine Mutter erreichte, daß Grete und wir ebenfalls ausfliegen dürfen. Wir holten unsere Familien und flogen am 21. Februar 1945 nach Berlin Schönwalde in einer Jagdmaschine, die für acht Personen gebaut war, mit 23 Personen und drei Kinderwägen über feindliche Gebiete. Sabine stand in der Kanzel neben einem Maschinengewehr. Die Kinder schrien, es war nicht zu hören. Eine Verständigung war nur durch Zeichen möglich. Grete mußte trotz der kümmerlichen Ernährung brechen. Als das Flugzeug in Schönwalde entladen wurde, fielen von Fritzchen die Lumpen ab. Er wurde nackt aus der unten befindlichen Ladeklappe gereicht. Unsere Grete sagte, sie würde, komme, was da wolle, kein Flugzeug mehr betreten und hat es auch nicht getan.

Nun befanden wir uns auf dem Militärflugplatz das erste Mal seit Wochen in einigermaßen normalen Verhältnissen. Die Soldaten gaben uns zu essen, wir konnten uns ausziehen und waschen. Als ich mich auszog, fielen die abgewetzten Unterhosen in Ringen zu Boden. Meinen rechten Schuh konnte ich nicht mehr ausziehen, der Fuß war dick und rot. Vor der Flucht hatte ich vom Skifahren eine Blase, die sich entzündet hatte. Dieser Beanspruchung war der Fuß nicht gewachsen. Ich bekam Salbe, einen Verband und der Schuh wurde aufgeschnitten.

Am 22. Februar, dem Geburtstag meines Vaters, war Fliegeralarm. Wir mußten in den Wald laufen, weil der Flugplatz zu gefährlich und gefährdet war. Staniolstreifen flogen durch die Luft, die wohl zur Irritation der Angreifer gedacht waren.

Als wir einigermaßen satt und gesäubert waren, mußten wir weiter. Wir wurden nach Berlin Hauptbahnhof gebracht. Warum wir dann nach Wittenberg und Köthen gefahren sind, weiß ich nicht. Wir haben uns jedenfalls da bei den Pfarrern gemeldet. Vielleicht waren das auch mögliche Adressen, bei denen meine Mutter hoffte, unterkommen zu können. Auf dem Bahnhof in Berlin bekam ich einen großen Schreck und war entsetzt. Über der Unterführung zu den Bahnsteigen waren drei Jungvolkjungens in meinem Alter und Uniform aufgehängt. Darunter stand: „Ich habe mein Vaterland verraten."

In Wittenberg weiß ich noch, daß uns der Pfarrer die Mauer an der Kirche zeigte, die vor die Tür mit Luthers Thesen in der Kriegszeit als Schutz gebaut wurde. Jedenfalls war dann unser Ziel Roßla, da war ja auch die Kiste. Der Zug ging über Halle an der Saale. Als wir zehn Minuten aus Halle waren, wurde der Bahnhof von Halle zerstört und unser Zug stand auf der Strecke. Wir rannten in die Schrebergartenhäuschen und konnten sehen, wie die Flieger wie angestachelte Wespen immer wieder in die Fenster des Zuges schossen. Das hatte ich bis dahin noch nie gesehen. Wir kamen jedenfalls in Roßla an.

Roßla am Harz, ein kleiner Ort mit ca. 3000 Einwohnern, in der Vorbergzone des Südharzes, auf der Strecke Nordhausen, Sangerhausen, Halle. Auf der nördlichen Seite begrenzt durch den Harz und südlich, nur einige Kilometer entfernt das Kyffhäusergebirge, dazwischen die reizvolle Landschaft der goldenen Aue, ein herrliches, fruchtbares Stückchen Erde. Im Vorbergzonenbereich gab es ausgedehnte Obstplantagen mit Apfel- und Birnbäumen. Das Dorf war im wesentlichen ein Straßendorf in West-Ost-Richtung. Nach einem landwirtschaftlichen Gelände kam eine Autoreparaturwerkstatt, dann der Bahnhof und gegenüber das kleine Kyffhäuserhotel und die ersten Wohnhäuser, dann überquerten die Gleise die Hauptstraße, auf der rechten Seite stand ein Sägewerk und links eine Obstmosterei, die von dem aus seiner Heimat vertriebenen Schwiegersohn Brautsch betrieben wurde, dann auf beiden Seiten Wohnhäuser, ein großes Hotel „Deutsches Haus", gegenüber eine große Fabrik, eine Bank und die Post, dann die erste Querstraße in Richtung Kelbra und Kyffhäuser, an der ein

Eisenwarengeschäft und außer den Wohnhäusern vor dem alten Friedhof ein Bauer ihren Platz hatten. Auf der Hauptstraße kamen weitere Geschäfte, ein Frisör und eine Autowerkstatt, dann die nächste Abfahrt, die ins Innere des Dorfes führte, auf der einen Ecke ein Lebensmittelgeschäft und auf der anderen eine Bäckerei, danach ein Optiker, ein Metzger eine Drogerie, ein Schuhgeschäft, ein Textilgeschäft, noch ein Metzger und ein Dorfgasthof Schmeißer. Auf der anderen Seite standen Wohnhäuser und ein großer Landgasthof „Zum weißen Hirschen". Auf dieser Seite ging es dann zur Domäne ab. Auf der Straße, die ich beschreibe, kam dann noch ein Haushaltswarengeschäft, wieder eine kleine Straße und dann das Geschäft für Produkte für die Landwirtschaft Dietrich. Da gab es von der Harke bis zum Blumensamen, von der Axt bis zum Schleifstein alles. Auf dieser Seite folgten dann noch Wohnhäuser und ein großer freier Festplatz, auf dem die Firma Hugo Haase Hannover ihre neuen und reparierten Achterbahnen vor der großen Reise aufstellte und der Dorfjugend damit Möglichkeiten bot, die man sonst nur auf Großstadtmessen findet. Auf der anderen Seite war ein kleines Krankenhaus und am Ende der Friedhof. Vor dem Friedhof verlief noch eine einseitig bebaute Wohnstraße, die wiederum ins Dorfinnere führte, vorbei an vielen kleineren und größeren Bauern und einer Bäckerei, zur Kirche, dem Pfarrhaus, dem Schloß Stolberg/Roßla und dem Palais, zur Schule, zum braunen Haus, vorbei an dem schönen Bauernhof von Häckers, genau der Schloßeinfahrt gegenüber auf die Querstraße zu, die zwischen dem Kolonialwarenladen und dem Bäcker ins Dorf führte. Da lag auch das stattliche Gebäude des Malermeisters Schmölling und das Textilgeschäft des Herrn Riehe, der zu der Zeit auch noch Bürgermeister war. Das Rathaus mit einer Wirtschaft lag auf der anderen Seite. Diese Seitenstraße führte bergab in Richtung Kelbra, an der Bäckerei Kieling und einem Lebensmittelhändler vorbei. In der Mitte war die Straße tiefer und diese Vertiefung führte Bergwasser und Oberflächenabwasser aus den Häusern in Richtung Kyffhäuser in den parallel zu dem Dörfchen laufenden Fluß, die Helme, ab. Der Bach wurde von der Bevölkerung „die Gosse" genannt. Wir kannten nur eine Adresse in Roßla, die von Schmöllings, der Schwester von Pfarrer Mölleken. Hierhin zogen wir mit unseren wenigen Habseligkeiten. Inzwischen war es nur noch ein Kinderwagen, in dem die beiden Jung's Ulrich und Fritzchen saßen und lagen. Der Einheitswagen von unserer Grete hatte die Strapazen nicht überstanden und mußte zurückbleiben. Schmöllings waren mehr als überrascht, als wir mit sieben Personen plötzlich ohne jede Ankündigung vor ihnen standen. Aber sie waren der Situation auch zwangsläufig kaum gewachsen. Sie gaben sich jedoch alle Mühe, um uns erstmal etwas zu essen zu besorgen. Aber wohin nur mit uns? Das

Wohnhaus betrat man durch eine große Durchfahrt, unter der die Haustüre war. Die Durchfahrt führte zum Hof auf dem ein Hinterhaus stand, das im Erdgeschoß als Werkstatt und Schuppen diente. In die Durchfahrt stellte der Malermeister sein Betriebsauto. Über der Werkstatt im Hinterhaus war eine kleine Wohnung, bestehend aus Wohnküche und Schlafräumen. Da wohnte Frau Schneider. Dann gab es noch zwei Räume, von denen für uns in aller Eile einer hergerichtet wurde. Der andere Raum war uns noch nicht bekannt. Sichtbar war in dem Vorraum zu Schneiders Wohnung und den beiden Räumen ein Lattenverschluß, der Frau Schneider wohl als Boden und Vorratsräumchen diente. Vor dem Eingang zu der steilen Treppe gab es einen Hundezwinger, hinter der Werkstatt einen Misthaufen und links nach der Durchfahrt auf dem Hof sieben Klohäuschen, das Vorder- und Hinterhaus; der Hof selbst war schmal und nicht überall befestigt. Wir zogen erstmal beglückt zu sieben Mann in das kleine Zimmer ein und waren froh, daß wir ein Dach über dem Kopf hatten. Am nächsten Morgen gingen die beiden Mütter zum Bürgermeister Riehe, um uns anzumelden. Dieser war sehr freundlich, aber sagte, Roßla dürfe auf keinen Fall weitere Personen aufnehmen, es sei aus Sicherheitsgründen nicht möglich und eine andere Bleibe konnte er uns leider auch nicht empfehlen. Wenn es uns nicht gelinge, selber andernorts ein Quartier nachzuweisen, müßten wir damit rechnen, in ein Flüchtlingslager verwiesen zu werden. Eile sei jedenfalls geboten. Wir waren in größter Sorge und wußten nicht recht weiter.

Inzwischen war mein Bruder Ulrich schwer erkrankt und an eine Weiterreise war nicht zu denken. Herr Riehe erlaubte uns den Verbleib, bis der Junge gesund ist.

Die Hiobsbotschaften von der Front mehrten sich, die Fliegerangriffe auf die Großstädte wurden immer stärker und wir gerieten mehr und mehr in Vergessenheit, wodurch wir den Einmarsch der Amerikaner in Roßla erlebten.

Kurz nach der Flucht 1945 schrieb ich 14jährig folgendes Gedicht:

Ohne Heimat!

Was donnert dort draußen, was blitzt und kracht,
der Mensch hat die Welt sich zur Hölle gemacht.
Zwei Uhr in der Nacht, die Sirenen heulen,
der Schnee fällt vom Himmel in dicken Knäulen.
Da hört an der Haustür ein lautes Rütteln,
die Eltern und Kinder vor Grausen sich schütteln.
Hinaus! Hinaus! In die weite Welt
Der Feind ist hier in Wald und Feld.
Ein kleines Päckchen unter dem Arm,
im Wagen schläft ein Kindlein warm.
Die Flieger brausen in riesen Scharen,
es ziehen viele Flüchtlingskarren.
Wie die Völkerwanderung in alter Zeit war,
so war es in Deutschland wieder mal.

Die Menschen ziehen in großen Scharen,
um ihr wenig Leben zu bewahren.
Sie sehen noch einmal ihre alte Heimat,
die jeder der Menschen so lieb hat.
Sie sehen die Heimat zum letzten Mal,
die Gesichter alle traurig und fahl.
Die Straße war lang, einen Ort nach dem anderen,
mußten die Flüchtenden hastig durchwandern.
Die Kisten, die Koffer, die Kinderwagen,
zu beiden Seiten der Straße lagen.
Das ist das Schicksal vieler Menschen,
die nichts als ihre Heimat wünschen.
Doch es kam das Leid schnell über Nacht,
hat Elend und Hunger mitgebracht.
Eine neue Heimat wollt man ihnen geben,
doch wie ist in dieser Heimat das Leben?
Wie denken die Menschen dieser Welt?
Bei vielen von ihnen an gar nichts es fehlt.
Sie haben noch Heimat, Kleider und Bett,
ja viele von ihnen sind ja auch nett.
Doch trotzdem, sie können es noch nicht verstehen
mit Heimatlosen umzugehen.
Wie oft wird man vor die Frage gestellt,
warum kommt ihr her aus aller Welt?
Warum tut ihr klagen ein anderer spricht,
denn Menschen und Menschen verstehen sich nicht.

Flüchtlingsgedicht

Gerade hatten wir die ersten Lebensmittel-karten erhalten und wollten einmal wieder richtig an einem Tisch sitzen und essen, jedoch der Herd fehlte noch. Wir gingen in das Restaurant „Zum weißen Hirschen." Außer uns waren keine Gäste da. Es gab ein Gericht: Grünkohl und für jeden zwei Kartoffeln. Obwohl wir schwere Wochen hinter uns hatten, habe ich mir damals geschworen, nie mehr Grünkohl zu essen, wenn mal wieder bessere Zeiten kommen. Der Kohl war, wie er vom Feld kam, nur abgekocht und bitter wie Gras. Mit viel Mühe beschafften wir uns einen Einheitsherd, den wir auch aufstellen durften.

In den ersten Wochen, als die Marken noch galten, ging es uns noch einigermaßen, nur der ständige Alarm machte uns Angst. Einmal wurde Gasalarm gegeben. Überleben konnte man im Ernstfall nur auf der Höhe, also liefen wir so schnell wir konnten auf die kleinen Anhöhen vor dem Dorf im Norden Richtung Harz. Gottlob war es eine Fehlmeldung. Aber es kamen Tiefflieger, die auch auf einzelne Personen schossen. Wegen der Bedeutung der ehemaligen Zuckerfabrik, in der die V2 Teile endgefertigt wurden, was wir inzwischen wußten, war unsere Angst vor einem Angriff auf den Ort sehr groß und es zeigte sich, daß sie auch berechtigt war. Als wieder einmal Alarm war, hieß es hinterher, ein kleiner Ort zehn Kilometer weiter östlich, der absolut keine militärische Bedeutung hatte, sei einem schweren Bombardement zum Opfer gefallen. Die Amerikaner hatten sich geirrt, dieser Angriff hatte Roßla gegolten. Dadurch gingen wir viele Abende ohne Alarm in die Berge, weil wir glaubten, die Flieger könnten ihren Fehler korrigieren. In einer solchen Nacht gab es einen furchtbaren Angriff auf das zwanzig Kilometer entfernte Nordhausen, in dessen Nähe auch das berüchtigte Sachsenhausen K2 stand. Jedenfalls begann in diesen Tagen das Endchaos. Kriegsgefangene der Deutschen flüchteten über die Felder. Desertierte eigene Soldaten versuchten, die Heimat zu erreichen. Die sogenannten Fremdarbeiter hörten auf zu arbeiten und bildeten Gruppen. Dazu kam eine große Gruppe verhungerter und verzweifelter Menschen in Sträflingskleidern, einige brachen zusammen, andere wurden gestützt. Ich hatte noch nie so traurige und bis zum Skelett abgemagerte Menschen gesehen, wie diese armen KZ Häftlinge, die nicht einmal mehr ansprechbar waren, im wahrsten Sinne „Haut und Knochen" und ganz große Augen.

Kurze Zeit nach diesen schrecklichen Erlebnissen kamen die Amerikaner. Die Menschen waren mürbe und froh, daß der Krieg für sie vorbei war. Entsprechend war auch der Empfang. Die Bevölkerung begrüßte die fremden Soldaten mit Erleichterung und stand an der Straße und winkte den Befreiern zu. Unter ihnen stand auch der Fürst zu Stolberg Roßla. Die Frau des Fürsten hatte eine Schwester, die zweite Frau des letzten deutschen Kaisers. Sie lebte zu der Zeit in Roßla im Schloß.

Meine Mutter hat oft und ausführlich in diesen Wochen mit ihr gesprochen. Es war eine feine Frau, diese Kaiserin, die den Kaiser im Exil geheiratet hatte.

Die Amerikaner besetzten den Ort und nach der ersten Freude mit Schokolade für die Kinder und Zigaretten und Apfelsinen für die Erwachsenen, wurden recht strenge Verordnungen für die Bevölkerung eingeführt. Nach 18 Uhr durfte keiner mehr auf die Straße, es drohte die sofortige Erschießung. Die Amis hatten Angst vor Anschlägen. Mit dem Einzug der Amerikaner begann dennoch für uns eine schwierige Zeit. Jeder Dorfbewohner hatte entweder selbst ein Stück Land oder gewachsene Beziehungen zu denen, die Land oder Plantagen hatten. Wir hatten nichts. So haben wir uns zuerst um ein Stück Land bemüht, das wir auf dem alten Friedhof erhielten und sofort bepflanzten, vor allem mit Kartoffeln, die wir selbst so dringend brauchten. Wir schnitten die zur Saat gesammelten Kartoffeln in so viele Teile wie sie Augen hatten und sie gingen auf.

Die Menschen fingen an, sich mit den neuen Verhältnissen zu arrangieren. Immer mehr Flüchtlinge aus West aber vor allem aus Süd und auch hier und da heimkehrende Soldaten kehrten in Roßla ein. Männer wurden abgeholt und manche kamen wieder. Dann kam Bewegung in die Besatzungsarmee. Der Krieg war aus und von den Amerikanern fuhren immer mehr Fahrzeuge in westlicher als in östlicher Richtung. Das Gerücht zog ein, die

Amerikaner gehen fort, die Russen kommen. So war es, aus dem Gerücht wurde Wahrheit. Die Tochter eines Geschäftsmannes aus Roßla wußte es zuerst und sie schrie es laut heraus, die schönen Amerikaner, die lieben Amerikaner und nun kommen die bösen Russen. Sie litt in besonderer Weise unter der drohenden Veränderung, sie war die Angebetete eines amerikanischen Offiziers geworden und hatte zu allem großen Liebeskummer.

Als die Russen kamen, war schon das äußere Erscheinen völlig anders als vorher bei den Amerikanern. Auf einfachen Panjewagen mit Pferden, die an jeder Wiese gerne stehenblieben, um ein Maul voll Gras zu nehmen, zogen sie ein. Viele schliefen und ließen die Pferdchen ihrem Vorgänger folgen. Manche sangen die schwermütigen Lieder ihrer Heimat, die ich schon aus dem Lager kannte, aus dem unser Mädchen Dingescha gekommen war. Dann wurde es schlimm. Die russischen Soldaten, die ihre Zigaretten aus Zeitungspapier und Majorka herstellten, indem sie sie zu kleinen Tüten drehten, machten von ihrem Siegesrecht Gebrauch. Sie vergewaltigten, sie tranken und stahlen, obwohl sie ja schon fast durch halb Deutschland gezogen waren. Ein Russe hatte ein neues Fahrrad, sah einen Jungen mit einem alten Gefährt, der aber freihändig fuhr. Er hielt den Jungen auf, gab ihm das neue Fahrrad, nahm das alte Gefährt und wollte damit freihändig fahren. Der Absturz war ihm sicher, das habe ich gesehen. Andere Geschichten dieser Qualität liefen teils als Witze umher.

In diesen Tagen war der Mann von Frau Schneider angekommen, der bei der deutschen Marine gedient hatte. Wir hatten inzwischen die zweite Kammer dazu erhalten, in der allerdings alte Möbel gestapelt blieben. Die Angst vor den Russen saß meiner Mutter tief in den Gliedern. Meine Schwester Sabine war erst vierzehn Jahre, meine Schwester Annegret zehn. Um Sabine hatte meine Mutter Angst. Ich konstruierte Verstecke, zuerst wollte ich sie über dem Misthaufen aus dem Fenster hängen, baute dann aber doch einen kleinen Zwischenboden zwischen zwei Türrahmen, die zu unserer Kammer führten. Bei drohender Gefahr sollte meine Schwester darin verschwinden, was auch entsprechend sorgfältig geprobt wurde.

Fritze Schneider war etwas erledigt, als er ankam, aber offensichtlich froh, dem Krieg entgangen zu sein. Nach einigen Tagen lud er uns zu einem Umtrunk ein. Er hatte noch eine Flasche grünen Pfefferminzlikörs und einen Korn in seinen Vorräten. Ich, so meinte er, könne auch ein Likörchen vertragen und so war es dann. Als ich mit ihm an diesem Abend einmal alleine war, nahm er mich in die Arme und preßte seine Lippen auf meine und dann schob er seine Zunge in meinen Mund. Das alles so intensiv, daß ich wie verdattert dastand, als er mich wieder losließ. Ich ging verstört weg und habe es keinem gesagt, konnte aber dem Ereignis keinen Sinn geben.

An einem der nächsten Tage bekam das Vorderhaus Einquartierung der russischen Besetzer.

Man hörte sie singen und Fritze, der schon wieder etwas getrunken hatte, ging zu den Russen. Meine Mutter war entsetzt und flehte mich als einziges männliches Wesen im Hinterhaus an, Herrn Schneider zurückzuholen. Sie war so in Panik und dachte, wenn die trinken, kommen die Russen mit. Als ich bei der Gesellschaft ankam, nahm dieser Fritze in eine Hand ein Glas, in die andere die Mütze eines Soldaten und mich mit dem Spruch in Empfang, in Deutschland nimmt man die Mütze ab. Ich sagte ihm, er solle einen Augenblick zu uns kommen, seine Frau bittet ihn. Als er nach einigem Hin und Her kam, ging er die Stiege hoch, wo ihn seine Frau um eine Tablette oder ähnliches bat, weil sie sich nicht wohl fühle. Ich aber schloß die Haustür ab und versteckte den Schlüssel. Als er nun wieder losgehen wollte, war die Tür verschlossen. Die Frauen versuchten ihm klarzumachen, warum. Er wollte oder konnte es nicht mehr einsehen und fing an zu toben. Er ist bestimmt über zwanzig Mal die Treppe hoch und runter gestiegen und hat nach dem Schlüssel geschrien, bis er sich beruhigt hat und schlafen ging. Am nächsten Morgen war die Tür wieder auf. Er hat es mir nicht nachgetragen.

Einmal in diesen ersten Wochen hatte er anläßlich seines Geburtstages einen Kuchen gebacken und zum Abkühlen in die Bodenkammer im Vorraum gestellt. Die Bodenkammer bestand aus Lattenrosten und einer Tür mit Riegel. Als er den Kuchen zum Essen in seine Stube holen wollte, war der Kuchen weg. Er schimpfte fürchterlich. Er verstehe ja, daß wir Hunger hätten, aber wir hätten, was sagen sollen, dann hätte er uns etwas abgegeben. Doch einfach wegnehmen und nichts sagen, das wäre der Höhepunkt, so können Menschen nicht miteinander umgehen, usw.. Wir sahen uns an, jeder zuckte mit den Schultern. Wir wußten von nichts. Als der Fritze das Haus verließ, hatte der große Schäferhund gerade gebrochen, denn er hatte den Kuchen durch die Gitter gezogen und offensichtlich zu hastig verschlungen. Es waren ja auch für Hunde keine guten Zeiten.

Als die Russen kamen, ist der Fürst mit seiner Familie geflohen. Das Schloß wurde für Flüchtlinge, die nun mehr und mehr in Roßla ankamen, freigegeben. Wir stellten auch einen Antrag und zogen bald darauf ins Schloß. Der Sommer kam und überall, wo geerntet wurde, waren wir dabei. Zuerst beim Kirschenpflücken. Da wohnten wir noch bei Schmöllings im Hinterhaus. Hier besuchte uns auch einmal die Irm Jeschke, die einigermaßen erschüttert war, uns so wiederzusehen. Aber wir hatten soviel Kirschen, daß sie mehr essen konnte, als sie vertrug. Wir arbeiteten als Erntehelfer, wenn man uns brauchte. Oder wir lasen nach der Ernte Ähren oder Erbsen und stoppelten Kartoffeln. Natürlich bearbeiteten wir auch unsere gepachteten Flächen am westlichen Eingang des Dorfes am alten Friedhof. Und am Kummel ganz in der Nähe der Stelle, wo wir uns vor den Fliegern versteckt hatten. Dort hatte auch

Opa Günter, ein Kölner, eine kleine Hütte in den Berg gebaut. Er war Schreiner von Beruf und lebte dort. Seine Frau hatte ein Stübchen im Dorf. Opa Günter wurde nachgesagt, daß er Hunde fängt und verzehrt. Als ich ihn danach fragte, sagte er: „Weißt Du nicht, daß Hundefett der sicherste Schutz vor Tuberkulose ist?" Wenn er durch den Ort ging, zogen die größten Hunde den Schwanz ein und verzogen sich. So ist es jedenfalls in meiner Erinnerung. Einmal, als ich mit Grete auf diesen Acker ging und wir an der Hütte vorbeikamen, fragte Opa Günter, ob wir nicht einen Teller Suppe wollten. Für mich lehnte ich trotz der Versuchung ab. Grete nahm einen Teller und fragte, was da für braune Stücke drin sind. Opa Günter antwortete: „Alles Speck und Zwiebel." Ich sah aber, daß es auch Ohrwürmer waren, die darin schwammen. Er hatte sein Vorratsfach direkt in den Naturboden des Berges gebaut. Na ja, der Hunger treibt's ein.

Im Herbst mußten wir das Schloß wieder räumen, ich glaube, es wurde für die russischen Soldaten gebraucht. Wir bekamen eine Zweizimmerwohnung beim Bauer Häcker in einem schönen Bauernhaus, eine Treppe hoch, ohne Wasser und Klohäuschen auf dem Hof über der Jauchegrube. Immerhin mußte ich mich nicht wie bei Schmöllings um die regelmäßige Entleerung der Kiste kümmern. Bei Schmöllings mußte man die Angelegenheit an einen Strick binden, den man sich um den Hals und Rücken band und zog dann mit der Ladung über den Hof bis zum Misthaufen.

Dort wurde ein Brett schräg gegen den Misthaufen gestellt und dann kam der schwierigste Teil, die Kiste auf dem Brett hochzuziehen und umzustülpen. Also ein Fortschritt. Auch konnten wir in dieser Wohnung auf unserem Einheitsherd kochen.

Der Bauer Gustav und seine Frau Emmi hatten zwei Kinder, Lieschen und Heinzchen. Lieschen war ein Jahr älter als ich und Heinzchen zwei Jahre jünger. Im Haus wohnte noch eine Flüchtlingsfamilie und in einem Seitentrakt zwei ältere Damen, die dort seit langen Jahren eingemietet waren und sich auch intensiv um die Kinder gekümmert hatten, wenn die Bauersleute auf dem Feld waren.

Meine Mutter und Grete hatten eine Stelle als Melkerin auf der Domäne gefunden und jede mußte täglich einmal 15 Kühe melken. Das machte man damals noch mit der Hand und es war sicher eine große Anstrengung, aber es gab Milch. Eine weitere Arbeitsstelle gab es bei Herrn Brautsch, dem Schwiegersohn einer Mosterei und eines Plantagenbetriebes. Mosterei bedeutete Obst per LKW aus den eigenen Plantagen und von Sammelstellen zusammenzuholen, in Maschinen zu zerschneiden, zu pressen und zu Saft zu verarbeiten, auf Flaschen zu ziehen oder zu Mus zu verarbeiten und in Blechdosen zu verschließen oder auch Obst zu bekommen, das war wichtig. Eine andere Tätigkeit tat sich als Hilfe in einer russischen Brotbäckerei auf, wo für die Soldaten der Gegend Brot gebacken und getrocknet wurde, ein grobes

Brot, das mit sehr aufdringlichem Öl gebacken wurde, aber eben Brot. Als Lohn gab's oft Trockenbrot, das wie ein dunkler Zwieback war und zur längeren Aufbewahrung hergestellt wurde. Um für schlechte Zeiten zu sammeln, baute uns Opa Günter eine große Holzkiste. Also Milch, Obst und Brot, Kartoffeln vom eigenen Acker und gestoppelte Ähren, die ausgedroschen zu Schrot gemahlen wurden, das waren die Pfeiler der Ernährung und es bestand die Möglichkeit etwas zu tauschen. Leider blieb nicht alles so. Die Domäne zum Beispiel wurde aufgelöst und an Kleinbauern verpachtet, die nun selber ihre ein, zwei Kühe versorgten. Ich sehe noch den einen Siedler vor mir. Es war ein ehemaliger Gutsbesitzer aus dem Osten. Als Arbeitstier hatte er einen alten Ochsen. Er war ein älterer, kranker Mann. Es war ein erschütterndes Bild, wenn er mit seinem alten Ochsen zur Arbeit aufs Feld zog. Er sprach ständig auf das Tier ein. Der Ochse blieb immer wieder stehen und der Kleinbauer Thiel hatte seine Mühe. Es war durchaus nicht unüblich und auch nicht unzweckmäßig mit einem Ochsen zum Beispiel unter Obstbäumen zu pflügen, weil Pferde nervös wurden, wenn sie ständig mit den Zweigen in Berührung kamen, was für Ochsen nicht zutraf. Auch haben die kleineren Bauern mit Kühen als Zugtieren gearbeitet. So hatte man das Arbeitstier, die Milch und den Fleischlieferanten in einem Tier. Aber mit einem Ochsen ein Feld bestellen, das war schon sehr erschütternd.

Gleichwohl erschütternd fand ich, daß wir einen Mitschüler von mir zum „Kartoffelschalenessen" eingeladen haben.

Sabine kümmerte sich um die Kleinen, Uli und Fritzchen, Annegret hütete Gänse bei einem Bauern und ich fand mehr und mehr einen festen Platz auf dem Bauernhof von Häckers. Am 18. April 1946 wurde ich konfirmiert. Einen eigenen Anzug besaß ich nicht. Mir half eine Familie Vernickel aus Roßla, die hatten Zwillinge, welche im Jahr vor mir konfirmiert wurden. Ein Anzug aus braunem Arbeitsdienststoff, aber immerhin. Kurz nach dem bescheidenen Festmahl holte der eine Bruder den Anzug für seinen Bruder ab, der hätte sonst nicht weggehen können, denn es war auch sein einziges Teil, mit dem er am Sonntag auf die Straße konnte.

Es gab eine schöne Sitte in Roßla. Jeder Konfirmand mußte bis zur Wohnung des Nächsten geschnittenes Tannengrün und Sand, wenn möglich auch noch Blüten streuen. Der Letzte das Stück bis zur Kirche. So war der Bürgersteig des ganzen Dorfes für diesen Tag sehr festlich geschmückt. Mein Konfirmationsspruch lautete: Seid allezeit fröhlich, betet ohn Unterlaß, seid dankbar in allen Dingen.

Nach zwei Jahren Roßla begannen in Sangerhausen wieder die höheren Schulen. Meine Mutter bestand darauf, daß ich wieder zur Schule ging, ich konnte mir das gar nicht mehr vorstellen. Dann war es soweit, ich fuhr täglich mit der Bahn nach

Sangerhausen. Die Züge waren voll und hatten keine Scheiben in den Fenstern. Die Fahrgäste hingen fast aus den Zügen, draußen halb auf den Puffern und je später der Tag desto unpünktlicher waren die Züge. Sangerhausen war im Gegensatz zu Roßla erheblich vom Krieg in Mitleidenschaft gezogen worden. Viele zerstörte Häuser und kaputte Straßen waren der tägliche Anblick. Die Oberschule Sangerhausen nahm ihren Dienst auf. Lehrer aus allen Teilen Deutschlands hatten sich eingefunden, gute und schlechte, zu alte und manche wohl, bevor sie die Eignung nachgewiesen hatten; viele in ärmlicher Kleidung, oft in umgestalteten Uniformen. Die Schüler gaben ein gleich buntes Bild ab: Soldaten, die auf die Schulbank zurückkehrten und Flüchtlingskinder, aber natürlich auch eine kleine Schar solcher, die nicht viel erleben mußten. Ich jedenfalls besuchte diese Schule wohl abwägend zwischen meinem Lerneifer und den anderen Möglichkeiten, auf dem eigenen Acker bei meinem Bauern und den Tauschgeschäften, die mehr und mehr üblich und zum Leben notwendig wurden. Trotzdem machte mir die Schule Freude. Ich empfand es als schön, die vielen Mädchen, die täglich ein- und ausströmten, mitzuerleben. In der Schule war ein ausgezeichneter Musiklehrer, Studienrat Müller. Obwohl ich ihm sagte, daß ich nicht singen kann, das hatte man in der Volksschule behauptet und mich oft beim Gesang ausgeschlossen, weil ich ein „Brummer" sei, prüfte mich der Herr Müller und stellte eine gute Stimme und Begabung fest. Er würde sich freuen,

96

wenn ich in seinen Knabenchor eintreten würde. Ich tat das und hatte sehr viel Freude dran.

Einmal machten wir eine Fahrt zusammen mit Übernachtung in der Jugendherberge. Es war ein Erlebnis und der Lehrer las uns zum Abend interessante Geschichten vor, erzählte von seinem Freund Humberdinck und seiner als Sängerin berühmten Schwester. In der Nacht hörte ich ein eigenartiges Geräusch. Ein Sangesbruder hatte seine Schuhe mit dem Nachttopf verwechselt und versuchte, in Verlegenheit die Spuren zu verwischen. Ich mußte ihm versprechen, es keinem zu sagen, deshalb nenne ich auch nicht den Namen. Es gelang jedenfalls, mit diesem Chor eine gute Kameradschaft zu finden und beachtliche Leistungen zu erzielen, die den Eltern in Konzerten vorgestellt wurden. Meine Mutter war dann immer ganz gerührt.

Nach einem guten Jahr mußte ich diese Schule wieder verlassen, da die niedrigeren Klassen durch Schulreform der Zentralschule zugeteilt wurden, in die auch meine Schwester Annegret ging. Diese Reform führte zu noch größeren Schwierigkeiten. Meine Lateinlehrerin zum Beispiel mußte erst selbst bei einem Pastor Unterricht nehmen und war uns immer nur einige Kapitel voraus. Die Antwort lautete oft bei ihr: „Das habe ich noch nicht gehabt." Die Folge war, daß, als wir ein weiteres Jahr später auf die Oberschule zurückkehrten, die jetzt Geschwister-Scholl-Schule hieß, unsere Lateinkenntnisse in keinster Weise mehr dem Klassensoll entsprachen. Bei der Rückkehr in die Schule war mein Stimmbruch vorüber und ich trat in einen gemischten Chor ein. Besonders schön war hier die Mischung von Musik und netten Mädchen. Ich schwärmte jedenfalls von einigen und stellte fest, daß mein Interesse durchaus auf Gegenliebe stieß. Manch nettes Treffen, manch schöne Stunde ist dieser Gemeinschaft zu verdanken, auch mein erster Kuß, der sogar einigen Klassenkameraden Respekt abverlangte. Sie hielten mich für einen Profi nach diesem Erlebnis. In Wirklichkeit war ich fast in Ohnmacht gefallen. Das süße Mädchen, das ich anschwärmte und bei dem ich immer grübelte, wie ich es nur anstellen sollte, hatte selbst die Initiative ergriffen und mich mit ihrem wundervollen, vollippigen Mund so heftig und herzlich geküßt, daß ich nie den Tag vergessen habe, an dem ich dieses motivierende Erlebnis hatte, es war der 12. Oktober. Ob sich mein Draufgängertum herumgesprochen hatte oder ob ich den Mädchen damals gefiel, ich weiß es nicht. Jedenfalls in meiner Nähe waren immer Mädchen und ich fand das wunderbar. In der Schar der Mädchen, mit denen ich von Roßla zur Schule fuhr, war auch Marlis, in die ich mich maßlos verliebte, daß ich mich auf das Ziel, sie zu meiner Freundin zu machen, überkonzentrierte. Was auch immer ich unternahm, war nur darauf ausgerichtet, ihr zu gefallen und sie ließ sich das gerne gefallen, aber sie entschied sich nicht. Die sinnlosen Aussprachen, die ich suchte, machten das Problem nur größer und mich abhängiger. Ich litt. Eines Tages war es mir klar, ich würde mich lächerlich machen. Ich faßte einen Entschluß gegen mich selbst. Ich suchte mir eine Freundin unter den Mädchen, die mich anhimmelten, Erika aus Wallhausen. Sie war überglücklich und um mich besorgt und ich hatte sie wirklich sehr sehr gern, aber ich habe sie nicht geliebt. Geliebt habe ich Marlis. Nachdem ich offenbar bei einem anderen Mädchen mein Glück gefunden hatte, veränderte sich das Verhalten von Marlis mir gegenüber, was ich erfreut zur Kenntnis nahm. Aber ich ließ mir Zeit, ich wollte nicht in den Zustand der Lächerlichkeit zurückfallen.

Eines Tages war es dann soweit. Wir kamen von einer Veranstaltung, Marlis war in meiner Nähe und plötzlich nahm ich ihre Hand, wir sahen uns an und lagen uns in den Armen. Wir küßten und herzten uns wie ein Liebespaar, das nach langer Trennung zusammenkommt. Das war für mich das Schönste, was passieren konnte und es folgte eine herrliche Zeit für diese Jugendliebe, die allerdings von meiner Seite aus nie frei von Eifersucht war, welche ich aber ängstlich zu verbergen suchte. So war ich, als Marlis einmal von einem Jungen aus einer höheren Klasse zu einem Klassenball eingeladen wurde, fast krank vor Eifersucht und hatte mich auf dem Seitenweg hinter Häckers Garten, auf dem sie nach Hause gebracht wurde, versteckt. Es geschah nichts Ungewöhnliches und ich schlich mich auf Umwegen schweißgebadet nach Hause.

Auf unserem Schulweg immer in unserer Nähe war Martin, der versuchte mit allen Mitteln, Marlis zu gefallen, was mich sehr beunruhigte. Immerhin, als er keinen Erfolg hatte, verließ er Roßla und ging in Westdeutschland zur See.

Wenn ich von der Schule kam, war ich bei Häckers. Da gab es immer eine Arbeit für mich, ackern, ernten, Silo anlegen, Stall ausmisten, Kühe füttern, dreschen, die Ziege zum Bock des Bauern Fischer bringen, aber abends, wann immer möglich, Marlis treffen. Einen Abend mußte ich auf die ehemalige Domäne, wo Fritz Oltersdorf, der aus der Gefangenschaft krank und elend zurückgekommen war, einen Nachtwächterposten erhalten hatte, etwas hinbringen. Marlis begleitete mich und als wir in das kleine Wachstübchen kamen, war es leer. Wir warteten. Es war einer der wenigen Augenblicke, wo wir in einem Raum alleine waren. Wir fingen an zu schmusen und es wurde so heftig, daß wir, als die Tür aufging, halb auf der Pritsche lagen. Da sah ich in die Augen eines Volkspolizisten, der hier seine routinemäßige Runde drehte. Er müsse uns anzeigen wegen unsittlichen Betragens in einer Einrichtung des sozialistischen Staates. Marlis war entsetzt und ich unsicher. Ich habe ihn dann so beredet, daß er bereit war, die Anzeige zu zerreißen. Plötzlich wurde er wieder zornig, er hatte aus Versehen seinen Dienstausweis zerrissen.

Die Liebe war sehr groß, aber Kinder kriegen konnte man nicht davon. Marlis hatte da eine durch

Erziehung und Glauben feste Vorstellung, die ich, wenn auch verzweifelt, widerstrebend akzeptieren mußte. Dieser Zustand führte jedoch dazu, daß ich jede andere Gelegenheit für ein schnelles, liebeloses Abenteuer suchte und fand. Da gab es ein Mädchen, das, wenn man sehr lieb zu ihr war, mit einer guten Wurst bezahlte und andere, die man auch nicht zu lange überreden brauchte. Bei einem Mädchen, das ich falsch eingeschätzt hatte, habe ich mir eine kräftige Ohrfeige geholt. Aber ich habe es akzeptiert und das Mädchen respektiert.

Auf dem Bauernhof gefiel es mir und man hatte mich gern. Inzwischen wohnten wir nicht mehr dort, sondern in der obersten Etage des Hotels „Deutsches Haus", trotzdem ging ich fast täglich zu Häckers. Ich hatte auch das Vertrauen der Familie und wußte, wann geschlachtet wurde, was gemeldet war und was nicht. Im Rahmen des Möglichen konnte ich so auch zur Familienernährung beitragen. Irgendwas fiel immer ab auf diesem schönen Bauernhof. Ich wurde auch zu den Familienfeiern eingeladen, so zu Heinzchens Konfirmation, wohl auch, weil ich bei der Familie als guter Unterhalter galt.

Am Wochenende ging die Jugend von Roßla zum Tanz. Darauf freuten wir uns die ganze Woche. Manche Eltern begleiteten ihre Töchter und obwohl ich nie einen Tanzkurs besucht hatte, tanzte ich leidlich. Das Walzertanzen habe ich der Mutter von Marlis zu verdanken. Eine stattliche, hübsche Frau, die mich so energisch führte, daß mir der Walzer

auch später immer besonders Freude gemacht hat.
Mit uns waren meist die Freundinnen von Marlis,
zum Beispiel Mareile, die Tochter eines Lehrers, ein
hübsches blondes Mädchen voller Sportlichkeit
und Tatendrang, jedoch nicht ganz gesund. Sie
heiratete den Bäckerssohn Kieling. Für diese
Familie hat meine Mutter gegen Brot Strümpfe
gestopft und Laufmaschen aufgenommen.

Die Tanzveranstaltungen wurden durch einen
Ortsdiener angesagt, der mit einer großen Klingel
durch die Straßen lief: „Heute Abend findet im Saale
der Erholung eine öffentliche Tanzveranstaltung
statt, zu der alle herzlich eingeladen sind, der
Bürgermeister." Dieser Aufruf wurde an rund zehn
Stellen des Dorfes getätigt und für viele war es das
Vergnügen der Woche, dort tanzen zu gehen. Auch
die Frau von Opa Günter besuchte regelmäßig diese
Veranstaltungen und berichtete hinterher, daß sie
bestimmt eine der schönsten gewesen sei, obwohl sie
alt und fast zahnlos war. Wir hörten das immer, weil
sie meiner Mutter beim Nähen half, denn das
Beschaffen von Kleidung wurde fast noch schwerer
als das Heranschaffen von Nahrung. Durch Tausch
wurden alte Wehrmachtskleider besorgt, im
Kochtopf schwarz gefärbt und passend gemacht.
Aus einem Abdeckzelt für Fahrzeuge, innen Stoff
und außen Kunststoff, tauschten wir ein Stück,
aus dem ich eine kurze Hose erhielt, die meiner
Meinung nach wie eine echte Lederhose aussah und
die ich den ganzen Sommer trug, Sonntag und
Alltag.

Seit meiner Konfirmation 1946 war ich Mitglied der Jungen Gemeinde. Es war eine kleine Schar von Jugendlichen, die regelmäßig im Pfarrhaus zusammenkam. Eines Tages, es war wohl das Jahr 1948, wurde eine Jugendversammlung durch die Gemeinde angeordnet. Alle Jugendlichen, so verkündete es der Ausrufer, haben sich im Rathaus zu einer bestimmten Zeit einzufinden. Ich ging hin. Der Bürgermeister Döbel verkündete, daß eine FDJ-Ortsgruppe zu gründen sei und fragte, wer das übernehmen wolle. Es ginge ja schließlich nicht an, daß man nur Vorteile innerhalb der Gemeinde in Anspruch nehmen wollte und keine Pflichten. Vor allen Dingen gelte das für die ganze Intelligenz des Arbeiter- und Bauernstaates und so wurde durch Zuruf und quasi Befehl Werner, ein junger Bankkaufmann und beliebter Fußballspieler, zum Vorsitzenden und ich zum Organisationsleiter bestimmt. Wir waren keine Mitglieder und sind es in Roßla auch nie geworden, das hat kein Mensch je kontrolliert. Trotzdem war mir nicht wohl in meiner Haut. Ich kam automatisch in Ausschüsse, so zum Beispiel in den Wohnungsausschuß, was in dieser Zeit nicht ohne Probleme war, ein Flüchtlingsjunge, der auf die Wohnungen der Einheimischen Einfluß nehmen konnte. Nun es hielt sich in Grenzen. Aber auch meine Zeit im Jungvolk schien mir nicht dazu zu passen, und dann die junge Gemeinde und vor allen Dingen mein inzwischen gut florierender Tauschhandel. Ich war sicher kein Schieber, aber ich hatte es zwangsläufig mit Schiebern zu tun, sozusagen die dritte Ebene, wo der Erfolg dazu diente, hier und da das Leben etwas erträglicher zu machen. Begonnen hatte das Ganze mit Zigaretten, dann waren es Kerzen oder Strümpfe, später auch Speiseöl und Butter. Meistens wurde getauscht, manchmal auch verkauft. Beim Verkauf einer Stange Zigaretten blieb eine Schachtel übrig. Das war dann ein wertvolles Tauschmittel. Die großen Schieber wuchsen wie Pilze aus der Erde. Sie fuhren Autos, die mit Holzverbrennungsmotoren betrieben wurden. Zwei Brüder, ich nenne sie mal Eismann, aus meiner Heimat, die auch in Roßla gelandet waren, gingen sogar soweit, ihre hübschen Frauen an die Russen auszuleihen, um an einem bestimmten Tag eine bestimmte Fabrik nicht bewacht vorzufinden, wenn sie mit beladenem LKW dort einfuhren, um zum Beispiel Kartoffeln gegen Strümpfe zu tauschen. Meine Großmutter, die ja inzwischen bei uns eingetroffen war, tauschte im Interesse der Familie ihr einzig gerettetes, gutes schwarzes Kostüm gegen drei Flachen Öl. Auch Fritze Schneider gehörte zu dem erweiterten Kreis, um ab und an mal etwas für seinen Laden zu ergattern. Aus der guten alten Zeit besaß er noch einen Ledermantel, von dem er sich nicht trennen wollte. Die Brüder Eismann haben ihn zu erpressen versucht und gedroht, wenn er den Ledermantel nicht rausgäbe, würden sie sich nicht scheuen, über seine Neigungen zu sprechen.

Einmal kam ich von der Schule in Sangerhausen beziehungsweise von meinem Zigarettenlieferanten, dem Metzgermeister Jordan, der auch in Sangerhausen wohnte. Meine wenigen Schulsachen hatte ich bei ihm gelassen, stattdessen war die Schultasche voller Zigaretten. Auf dem Bahnhof war Razzia und ich geriet in große Gefahr. Da erblickte ich den Ortspolizisten von Roßla, der auch mit dem Zug nach Hause wollte. Ich gesellte mich zu ihm und wir gingen unbehelligt, ich im Schutze der Volkspolizei, durch die Sperre. Äußerlich mußte ich ganz ruhig wirken, obwohl ich furchtbare Angst hatte.

Kurz vor Weihnachten hatte ich mir einen Koffer voll Kerzen ergattert und im Keller des Deutschen Hauses, wo auch die Kommandantur der Russen war, versteckt. Eines Tages hieß es, den Russen sind Reifen gestohlen worden, was eine Razzia bedeutete. Mit Mühe und Not konnte ich meine Kerzen zu einer ortsbekannten Dirne schaffen, die sie mir versteckte.

Einmal hatte ich ein Paar Männerschuhe erstanden. Das war eine Rarität, denn ich trug zu der Zeit Sandalen, die ich selber gemacht hatte. Meine Mutter hatte diese Schuhe von mir erbeten. „Wenn Papa nach Hause kommt, hat er wenigstens einen festen Schuh." Sie standen jahrelang ungenutzt herum und wurden jahrelang für diesen Zweck gepflegt und gehütet.

Meine Kunden waren auch die Bauern und die Gaststätten. Dieselben Gaststätten, in denen ich wiederum bunte Abende unter dem Namen der freien deutschen Jugend mitgestaltet habe. Das war übrigens unser unpolitischer Ausweg aus der aufgedrängten Aufgabe. Wir machten schöne Abende mit besonderer Musik. Also, ein Junge war so ein Talent, der spielte fünf Instrumente auf einmal. Oder ein Mädel konnte erstklassig steppen und Werner machte den Conférencier. Es wurde auch gesungen und Sketche wurden gespielt, manchmal auch ein kleines Theaterstück. Wenn man mich mit zwölf gefragt hätte, was ich werden möchte, hätte ich immer Arzt gesagt. Nun wollte ich unbedingt Schauspieler werden. Aber wie und wo?

Meine Schwester Sabine hatte eine Zeit bei einem Arzt des Ortes in der Praxis geholfen. Der Arzt hatte seinen Schwiegervater, der auch Flüchtling war, aufgenommen. Der Schwiegervater litt unter dicken Quaddeln, die über den ganzen Körper verteilt waren. Sein Schwiegersohn konnte ihm nicht helfen. Der Schwiegervater kam ins Krankenhaus und in kürzester Zeit war er wieder gesund, ohne daß etwas festgestellt werden konnte. Der alte Herr schimpfte über seinen Schwiegersohn und beklagte seine Unfähigkeit. Das Geheimnis war, in dem Haus des Arztes waren, wie in vielen Häusern, die durch die Soldaten und Flüchtlinge bewohnt waren, Wanzen. Wir hatten große Erfahrungen damit, denn mein kleiner Bruder Ulrich war ein beliebtes Ziel dieser Tierchen, die, wie man sagte, acht Jahre ohne Nahrung leben können. Wir stellten Ulis Bettchen in vier mit Wasser gefüllte Blechdosen und rückten es von der Wand ab. Aber es nützte nichts, die Wanzen ließen sich von der Decke ab und dagegen war man machtlos. Die einzige Möglichkeit, das zu mildern, war giftiges Gas gegen Ungeziefer. Die Fenster wurden zugeklebt und alles abgedichtet, so gut es in diesem sehr leicht gebauten Obergeschoß möglich war und vor allen Dingen alle Räume gleichzeitig. Das hieß, in dieser Nacht schliefen wir auf dem Flur; Grete mit Kindern, Frieda mit Kindern, die sudetendeutsche Familie und wir.

Sehr gefährlich waren auch die Russen, wenn sie getrunken hatten. Manche verirrten sich nur auf unsere Etagen, aber sie kamen auch gezielt und wollten zu den Frauen. Dann hieß es, Birnen rausdrehen und ein Kissen über meinen Bruder legen, um seine Schreie zu dämpfen, wenn er zu schreien anfängt. Die Zimmerschalter waren in diesen ehemaligen Hotelzimmern außen angebracht. Einmal war ein sehr betrunkener Russe im Flur und schrie nach Frauen. Unsere Grete beobachtete ihn durch's Schlüsselloch. In einem günstigen Augenblick öffnete sie die Zimmertür und stieß ihn in die Bodenkammer, die sie abschloß. Da hat er seinen Rausch ausgeschlafen, aber es hätte auch schiefgehen können.

Meine fleißige und vor allem auch sehr saubere Schwester Sabine half bei Fritze Schneider im Laden und fand, man müsse da mal richtig aufräumen und saubermachen. Bei einer dieser

Aktionen hatte sie sich den Ofen vorgenommen. Die Schamottsteine hielt sie für Dreck und hat den Ofen gründlich gereinigt. Als der Fritze ins Geschäft kam, hat er fast geweint, denn Schamottsteine waren ein Vermögen in diesen Tagen, vor allem man bekam sie nicht.

Übrigens, der Fritze war ein hübscher Mann. Er sah aus wie ein Herr und eine seiner Fähigkeiten war Singen. Er sang nicht nur im Chor, sondern auch nach dem Kegeln, wenn er was getrunken hatte und das war nicht selten. Da gab es eine Kegelbahn, auf der die Kegel durch einen Kegeljungen aufgesetzt werden mußten. Der Kegeljunge war ich. Ja, da konnte er dann anschließend in der Kneipe, wo ich natürlich auch mein Bier bekam, aus voller Kehle singen: „Vor meinem Vaterhaus steht eine Linde" oder „Im schönsten Wiesengrunde."

Übrigens, das Vaterhaus stand auch in Roßla fast am Ende der Straße, die nach Kelbra führte, ein kleines altes Häuschen, in dem sein Vater lebte. Die Wohnung war im Erdgeschoß, zwei Stübchen und eine Küche, in der auch der Waschkessel stand. Einmal, als der Vater, der von Beruf Schuster war, Pflaumenmus kochte und seine Schwester auf dem Dachboden etwas suchte, brach die Bodendecke zusammen und die Frau saß schreiend im Pflaumenmus. Sie hat eine ganze Zeit gebraucht, um wieder gesund zu werden. Ich muß noch heute immer an das Häuschen denken, wenn ich das Lied höre: „Vor meinem Vaterhaus steht eine Linde." Ob es nun wirklich das Vaterhaus war, wurde bezweifelt. Seine Mutter hatte als junge Frau auf einem der Güter der Nachbarschaft gearbeitet und die Begabung und sein Aussehen gaben Veranlassung zu einer anderen Deutung.

Im Hotel „Deutsches Haus" gab es einen Stammtisch, zu dem auch Freddy, der Sohn des Bauern gehörte, zu dessen Bock ich Häckers Ziege brachte, wenn es wieder soweit war, Fritze Schneider und ein Herr Müller mit einer zu klein geratenen Hand, die man bis dahin nur in einer ortsbekannten Fürstenfamilie gesehen hatte. Hier wurde Karten gespielt oder auch nur diskutiert und getrunken. Manchmal kam auch der Besitzer einer Autowerkstatt dazu. Er erzählte betrunken von sich selbst, er habe zwei Töchter, die eine sei von ihm und deshalb wäre sie so wie er. Ich sollte ja die Hände von ihr lassen, ich verhurter Pastorensohn. Bei der anderen habe er keine Angst, die sei in Ordnung.

Einmal kam eine durchreisende Dame ins Hotel. Sie war Sängerin und Fritze sang in vorgerückter Stunde ein Duett mit ihr. Es hat mir so gut gefallen, daß ich es heute noch für künstlerisch wertvoll bezeichnen würde. Ein anderes Mal kam eine Dame ins Hotel, die eigentlich keine Dame war. Sie erzählte, daß sie Gustav Fröhlich verehre und ihn auch persönlich kenne. In vorgerückter Stunde spielte sich dann eine regelrechte Orgie dort ab. Sie tanzte mit den Männern sehr intensiv. So auch mit mir einen Samba auf

Körperkontakt – Ei, ei, ei, Maria, Maria aus Tuhia, daß ich mit meinen 16 oder 17 Jahren fast nicht wußte, wo ich mit meiner Kraft bleiben sollte. Zum Schluß tanzte sie auf meinem Tisch, bis sie zusammenbrach und ins Bett gebracht werden mußte.

Freddy hatte viele Möglichkeiten durch Tausch mit landwirtschaftlichen Produkten des Bauernhofs seiner Eltern an manche Dinge zu kommen, die anderen verschlossen waren. So fiel er mir immer wieder wegen seiner modischen Kleidung auf. Für Roßla war er ein Herr. Dennoch ging er oft schwarz über die Grenze und war nach seiner Rückkehr sehr unglücklich darüber, in den Zuständen der Ostzone leben zu müssen. In einer solchen Depression schoss er sich mit einer Schweinepistole ins Herz und überlebte nur durch Zufall.

Auch am Bahnhof gab es in den ehemaligen Räumen des Wartesaals ein für damalige Verhältnisse recht nettes Lokal, das gerne bei Tanzveranstaltungen von der Jugend besucht wurde. Der Wirt war ein sympathischer, einfallsreicher Mann, der sich mit diesem Lokal eine schöne Existenz aufgebaut hatte. Ich kannte ihn und lieferte auch Waren aus meinem Sortiment des Schwarzhandels. Einmal machte ich mit ihm ein Tauschgeschäft, große Eßkartoffeln, die wir gestoppelt hatten, gegen kleine Saatkartoffeln. Der ausgelesene Rest in seinem Keller waren lauter kleine Kartoffeln einheitlicher Sorte, die für meinen Acker als Saatgut hervorragend geeignet waren. Ich hatte mit meinem unerläßlichen, zweirädrigen Karren, der wirklich zu den wertvollsten Ausrüstungsgegenständen für mich in der damaligen Zeit gehörte, den Tauschvorgang gerade durchgeführt und kam wieder im Deutschen Haus an. Da lief mir der Wirt des Deutschen Hauses entgegen und sagte: „Hast du schon gehört, der Bahnhofswirt hat sich aufgehängt." Ich mußte lachen, denn ich sagte ihm, daß ich ja gerade von ihm komme. Leider stimmte es. Er war nicht mehr aus dem Keller zurückgekehrt und hatte sich tatsächlich aufgehängt. Warum, wußte niemand.

Um noch einmal auf den Handwagen zu kommen, sowohl beim Kartoffeln stoppeln als auch beim Holz holen, denn das war auch eine sehr wichtige Tätigkeit, war das Wägelchen fast unersetzlich. Den Wagen hatte übrigens auch Opa Günter gebaut, Holz war unser einziges Heizmaterial für Jahre. Entweder wurde Holz mit Holzberechtigungsschein im Wald gesammelt oder auch schon mal beim Bauern gekauft, getauscht oder bei Abbruch organisiert. Das Holz mußte gesägt und gehackt werden. Gesägt habe ich es mit der lieben Grete. Gehackt habe ich es selbst, in großen Kegeln zum Trocknen aufgestellt und mit einem alten Sack dann die drei Treppen hochgeschleppt. War das Holz nicht trocken, brannte es nicht oder qualmte fürchterlich. Das Anschaffen des Holzvorrats, seine ordnungsgemäße Herstellung und Verwaltung war also eine sehr wichtige Aufgabe. Eine andere wichtige Funktion hatten die Kaninchen, die nun im Gegensatz zu meinen Spielgefährten in Deutsch Eylau für unsere Ernährung von großer Bedeutung waren. Ställe mußten gebaut werden, Futter mußte gesucht werden, die Häsinnen mußten Junge haben und die Kleinen aufgezogen werden, dann kam das Schlachten, das Abziehen und Ausnehmen, alles Aufgaben, die mir zufielen. Diese Veränderung kostete mich viel Überwindung.

Eine große Aktion war auch immer das Sirupkochen. Jedes Jahr wurde in dieser Gegend, in der viele Zuckerrüben angebaut wurden, Rüben nach der Ernte gestoppelt, das hieß, die abgeernteten Felder wurden nachgegraben von den hungernden Flüchtlingen nach Stücken, die bei der Ernte steckengeblieben waren. Jede Rübe, die von einem Wagen fiel, wurde aufgesammelt. Bei jeder Verladung auf dem Bahnhof saßen wir unter den Güterwagen und sammelten die runtergefallenen Rüben auf. Alles ergab zusammen einige Zentner Zuckerrüben, die dann heimlich im Waschkessel des Hotels gekocht wurden, weil die Seniorchefin des Hotels es nicht erlaubte. Die Junioren erlaubten es zwar auch nicht, aber sie übersahen es. So sicherten wir uns den Brotaufstrich. Das war alles schon eine Zeit, in der es uns besser ging. Es hatte ja auch Zeiten gegeben, in denen meine Schwester das Essen abgewogen hatte mit dem Hinweis, wenn wir sterben, sollte keiner benachteiligt gewesen sein, also ein gerechter Tod. Immerhin habe ich meine Großmutter auch in dieser Zeit des Rübensaftkochens den Finger in den Safttopf stecken und genüßlich ablecken sehen. Das war etwas, was unter normalen Voraussetzungen unvorstellbar gewesen wäre.

Eines der Betten, das in dem gemeinsamen Schlafzimmer meiner Mutter und meiner Geschwister stand, war ein Doppelbett. Es war aus Holz und auch der Boden bestand aus Brettern. Darauf lagen Strohsäcke, die von mir regelmäßig mit neuem Stroh gefüllt wurden. Auch dafür war mein Handwagen sehr von Nöten. Das Bett stammte aus der ehemaligen Zuckerfabrik, in der KZ-Häftlinge während des Krieges Teile für die V2-Raketen herstellen mußten. Nachdem der Krieg aus war, konnten wir das Bett erwerben. Ich schlief oben, meine Schwester Bine unten. Das war jeden Abend eine kleine Kletterpartie, denn das Bett hatte natürlich keine Leiter wie man das von anderen Doppelbetten kennt. Aus dem Fenster des Schlafzimmers sah man über den Fabrikhof hinweg auf das Kyffhäusergebirge. Ein sehr schöner Blick über die goldene Aue hinweg.

Im Herbst 1949 erhielten wir nach langer Zeit endlich wieder eine Feldpostkarte von unserem Vater. Meine Mutter hatte immer geschrieben, wenn sie durfte und so hatte Vater die Adresse. Der Text war anders als sonst formuliert, er enthielt die verschlüsselte Mitteilung, daß Vater in den Westen entlassen werden wollte, wenn es soweit sei. Er zitierte die Bibelstelle, die in etwa so lautete: „Verkaufe alles, was du hast, gib es den Armen und ziehe gen Westen." Das fiel nicht weiter auf. Vater war Pfarrer. Damit war klar, daß er die Verhältnisse

113

kannte und hoffte, aus der Gefangenschaft entlassen zu werden. Meine Mutter hatte schon vor vielen Jahren die festen Schuhe für meinen Vater reserviert. Jetzt fing sie an, auch alte Wehrmachtsstoffe zu tauschen, also die Rückkehr meines Vaters vorzubereiten.

Nach Ablauf der Zentralschulzeit war ich in die alte Oberschule zurückgekehrt, die sich jetzt Geschwister-Scholl-Schule nannte. Die Fahrmöglichkeiten nach Roßla hatten sich noch nicht verbessert. Wir standen immer noch an der Straße und sprangen auf LKWs auf. Die Züge waren unpünktlich und in desolatem Zustand. Im Herbst wurden die Fenster für den Winter mit Brettern zugenagelt und im Sommer, wenn man es vor Hitze in den Waggons nicht mehr aushalten konnte, brachen die Fahrgäste die Bretter wieder raus.

Bei der Rückkehr in die Schule fand ich meinen geliebten Lehrer Müller wieder vor und trat nach vollzogenem Stimmbruch in seinen gemischten Schulchor ein, was mir viel Freude gemacht hat. Bei unserem Abfahrtreff für die Rückfahrt versammelte sich immer eine große Schar von Schülerinnen und Schülern. Ich war sehr zum Ärgernis meiner Mitschüler umringt von einer Schar junger Mädchen und genoß das wohl auch. Meinen Kameraden war dies ein Ärgernis und eines Tages griff mich eine Gruppe an. Sie schleppten mich in einen nahegelegenen Park und haben mich furchtbar verprügelt. Da ich alleine war, hatte ich an sich keine Chance, zumal ich, wie an anderer

Stelle angedeutet, ein unsportlicher Typ war. In dieser Situation, in der ich objektiv das Gefühl hatte, daß es um Sein oder Nichtsein ging, sammelte ich, nachdem man mir mit Schuhen ins Gesicht und in den Leib getreten hatte, meine letzte Kraft zusammen, sprang auf und schlug mit einem Faustschlag auf den Stärksten der Gruppe ein und traf seine Nase zwischen den Augen. Der Treffer war wohl so gewaltig, daß der Getroffene stürzte und nach kurzer Zeit schwoll sein Gesicht so an, daß eigentlich nur noch die Nasenlöcher und der Mund von seinem Gesicht zu sehen waren. Die Angreifer waren so verdattert, daß sie mit ihren Freunden abzogen. Von Stund an genoß ich unter diesen Kameraden eine unerwartete Anerkennung.

1950 erhielten wir den Hinweis, daß eine größere Anzahl deutscher Kriegsgefangener durch den Bahnhof Roßla aus Rußland kommen würde. Ob die Züge auch halten würden, wußten wir nicht. Ich beobachtete die Vorgänge am Bahnhof von nun an sehr sorgfältig und eines Tages erhielt ich eine Information, daß an einem bestimmten Abend ein Zug erwartet wird. Ich ging hin. Tatsächlich kam der Zug in später Abendstunde an und hielt. Ich rannte an den Viehwagen entlang und schrie den Namen meines Vaters. Die Soldaten sahen abgerissen und elend aus. Ein jüngerer Soldat kam auf mich zu und sagte: „Dein Vater ist im Zug." Wir haben gemeinsam verzweifelt versucht, ihn zu finden. Es war nicht gelungen, der Zug fuhr ab. Ein schlimmes Erlebnis, den Vater in unmittelbarer Nähe zu wissen und doch nicht erreichbar. Mein Vater hat wenige Minuten nach der Abfahrt in Roßla von meiner erfolglosen Suche erfahren. Allmählich wurde mir mehr und mehr klar, daß meine Tage in Roßla gezählt sind und ich konnte mir nicht vorstellen, wie meine Zukunft aussehen sollte. Die Angst vor der Trennung von Marlis schnürte mir alles zusammen. Manchmal dachte ich, ich würde nie mehr froh sein können, als im März dann endgültig klar war, es geht schwarz in den Westen. Meine Geschwister waren schon weg, mein Fortgang war aus verschiedenen Gründen gefährlich. Im Sommer trat unsere Klasse geschlossen in die FDJ ein, um einen Klassenkameraden zu retten, der wegen einer unbedachten Äußerung ins Uranbergwerk Aue gebracht werden sollte. Mir hatte man dann angeboten, Offizier bei der Volkspolizei zu werden mit dem Hinweis auf die Schulbildung, die der Staat mir ermöglicht hatte. Ich saß in der Falle und mußte unseren Vorsatz, so schnell wie möglich in den Westen zu gelangen, beschleunigen. Meine Mutter teilte diese Sorge. Wir kannten das System.

Der Abgang wurde geheim behandelt. Allerdings mußte ein Grenzführer besorgt und bestochen werden. Mitnehmen konnten wir nichts, was nicht vor der neuerlichen Flucht schon in kleinen Paketen in den Westen geschickt wurde.

Marlis war krank und lag im Bett an dem Tag, als ich Abschied nehmen mußte. Ich nahm einen kleinen Gummibaum und machte mit diesem

Pflänzchen, das ich einmal geschenkt bekommen hatte, meinen Abschiedsbesuch in ihrem Krankenzimmer. Wir waren sehr, sehr traurig. Ich bat sie, auf mich zu warten. Ich hatte die Vorstellung, in sieben Jahren würde ich soweit sein, daß ich sie heiraten kann. Wie ich auf diese Zahl gekommen bin, kann ich nicht erklären. Sie solle warten. Sie versprach's. Als ich ging, stand sie am Fenster. Ich ging die lange Straße in Richtung Bahnhof und die Tränen liefen mir die Wangen herunter, ich glaubte nie mehr in meinem Leben froh zu werden.

Meine Mutter und ich fuhren mit dem Zug an eine Grenzstation, wurden von dem Grenzführer in Empfang genommen und in das Grenzgebiet gebracht. Wir wußten, wenn uns jemand sah, würde ohne Anruf geschossen. Erfreulicherweise regnete es und es war neblig als uns der Grenzführer in der Vorbergzone des Harzes verließ. Wir rannten panisch: Berg rauf, durch Bäche, Berg runter durch den Wald; überall die Wachhäuser der Grenzpolizei, überall knackte und raschelte es, überall Gefahr – nur leise sein, nur keinen Fehler machen. Dann sah ich ihn stehen, unseren Bekannten mit meinem Fahrrad, das er schon vorher rübergeschmuggelt hatte. Wir waren im Westen. Wir waren gerettet. Er nahm uns in Empfang und wir konnten eine Nacht bei seinen Eltern schlafen. Dann ging es nach Bochum, unserer neuen Heimat.

Meine Schwester Sabine war mit meiner Schwester Annegret und dem kleinen Uli schon da.

Nach elf Jahren wieder eine Familie. Meinen Bruder sah mein Vater zum ersten Mal in seinem Leben. Wir erhielten in Bochum-Hordel, einem Bergarbeitervorort von Bochum, ein kleines Zimmer mit Herd und fünf Schlafstellen. Ich kam in ein Flüchtlingsheim in Hordel, in dem junge Bergleute untergebracht waren, die aus dem Osten geflohen waren. Eine Schule war dafür hergerichtet. Mein Vater tat Hilfsdienste in der evangelischen Gemeinde in Hordel. Es sollte eine zweite Pfarrstelle in Hordel eingerichtet, werden aber er war noch nicht gewählt.

Auf dem Weg vom Bahnhof in unser neues Heim in Bochum-Hordel fühlte ich mich so elend wie selten in meinem Leben; die grauen Häuser, die Türme der Zechen, der Gestank von der Kokerei, die Sehnsucht nach meiner Marlis. Alles, wie mir schien, ein schlechter Tausch gegen die schöne Landschaft der goldenen Aue und man wußte, was man hatte. Ich hatte mich arrangiert, jetzt die große Ungewißheit. Was würde werden, wovon sollte ich leben und wie sollte ich leben ohne meine Marlis? In dem Heim der jungen Leute aus dem Osten ging es rauh her. Menschen aus allen Gegenden Ostdeutschlands mit sehr verschiedener Ausbildung und Lebensart waren hierher gekommen, um im Bergbau, der damals als Einstieg ideal war, ihren Berufsweg zu finden. Sie verdienten gut und waren angesehen. Bergmann an der Ruhr war nach dem Krieg ein bevorzugter Beruf. Trotzdem gab es unter den jungen Männern viele, die sich ihren Berufsweg anders vorgestellt hatten und die aufgrund ihrer Vorbildung nur den materiellen Teil ihres Schicksals bejahten, aber im Grunde sehr unglücklich waren. Auch sie fühlten sich einsam und wir haben viele Stunden bis in die Nacht diskutiert über Politik in Ost und West, über Kirche und Soldaten, aber auch sehr viel über die Frage, was aus uns wird. Das Heim war spartanisch, große Schlafsäle, fast wie im Krieg. Gewaschen und rasiert haben wir uns im Freien auf dem Hof an einem großen Betonbrunnen, der dort aufgestellt war. Das Haus war früher eine evangelische Schule gewesen, direkt neben der katholischen Schule. Da hatten sich früher die Kinder über den Schulzaun hinweg mit Worten und auch oft mit Prügeleien und Steinwürfen ihre falsche Glaubensrichtung vorgeworfen.

Das Heim wurde geleitet von einem Heimleiter mit seiner Familie, die in der Schule eine kleine Wohnung hatten. Die Tatsache, daß der Heimleiter zwei Töchter hatte, eine junge, etwas unscheinbare und eine, die etwas älter war als ich, eine sehr hübsche und interessante Frau mit roten Haaren, machte mir mein Los in dem Haus etwas erträglicher und da wir uns gut verstanden, haben wir nicht nur diskutiert, sondern auch manchen Spaziergang gemacht. Einmal waren wir bei dem Gang durch die triste Gegend entlang des volkstümlich als „Köttelbecke" bezeichneten Baches auf einen kleinen Weiher gestoßen. Da haben wir für einen Augenblick unser Leid vergessen. Es war eine romantische Stunde, aber es war eine Ausnahme.

119

Wenige Tage nach unserer Ankunft hatte mein Vater eine Lehrstelle im Eisengroßhandel für mich gefunden. Ich war einerseits froh, denn Lehrstellen waren knapp, aber ich war auch unsicher, was würde da auf mich zukommen? Ich fuhr also am Tage meines Antritts per Bus rechtzeitig von Hordel bis Bahnhof Präsident an der Dorstener Straße. Als ich ankam, hatte ich noch viel Zeit. Ich ging in die Bahnhofswirtschaft und trank einen Kaffee, innerlich unruhig und sicher auch hingerissen zwischen Erwartung und Sorge. Es war ja meine erste geordnete Arbeitsstelle, bei der nicht meine Meinung gefragt war, nun, ich sollte den Beruf eines Kaufmanns erlernen, von dem ich ja trotz meiner regen Geschäftstätigkeiten keine Ahnung hatte. Also, ich betrat die Firma, wo ich gemeinsam mit einem Mann, der auf mich den Eindruck eines fertigen Kaufmanns machte, auf die Einweisung wartete. Er hieß Alfred Kirsch, der froh war, eine Stelle als Lagerarbeiter bekommen zu haben. Er wurde dann von dem Lagermeister in Empfang genommen und gleich zu seinem Arbeitsplatz im Eisenlager gebracht. Ich wurde von dem Niederlassungsleiter Kemper und seinem Stellvertreter Alpers begrüßt und als neuer Stift durch einen anderen Lehrling, Peter Biermann, bei den Mitarbeitern im Büro bekannt gemacht. Erst in der Lagerverkaufsabteilung mit Herrn Otting, dem Abteilungsleiter und Marta Benner, seiner Mitarbeiterin, dann bei Herrn Heller, dem Röhrenabteilungsleiter und seinem Mitarbeiter

und Herrn Holmann, dem Leiter der Streckenab-
teilung mit seinem Mitarbeiter Klein, dann den
vier Schreibdamen, eine hieß Schupetta, die
anderen Namen weiß ich nicht mehr und Herrn
Zaschke von der Registratur, der war im Krieg der
Vorgesetzte von unserem Chef Kemper gewesen.
Jetzt war er dankbar, daß er den Platz in der
Registratur hatte, denn für Berufssoldaten war nun
kaum Arbeit zu finden. Dann gab es noch die
Telefonzentrale und die Außendienstmitarbeiter
Leihe, Münstermann, Stolz und Kellermann. Die
drei letztgenannten waren freie Handelsvertreter.
Herr Leihe befand sich im Angestelltenverhältnis.
Bei der Begrüßung durch Herrn Leihe streckte ich
ihm frohgelaunt meine Hand entgegen. Er hielt
seine Hände auf dem Rücken und ich stand da mit
ausgestreckter Hand und rotem Kopf. Ich habe
Herrn Leihe viel zu verdanken, das weiß ich heute,
damals war ich entsetzt.

Zuerst kam ich ins Eisenlager. Da sah ich Herrn
Kirsch wieder im Arbeitsanzug und Stahlstäbe aus
Fächern ziehen und auf einen Stapel anderer
Stangen aus Eisen legen. Der Lagermeister Schalve
zeigte mir das Lager und ließ mich einen Stoß
gleicher, sechs Meter langer Eisenstäbe in ein Regal
schieben. Ich machte es ohne zu wissen, wozu das
alles gut war. Ich hatte solches Material vorher noch
nie bewußt gesehen.

Das Lager befand sich in einem ehemaligen
Werksgebäude einer Zeche, man konnte noch
Reste eines Förderturms sehen. Der Großteil des

Materials wurde mit der Hand bewegt, über dem Anschlußgleis gab es jedoch einen Kran für schwere Träger und Bleche. Der größte Teil der Ware wurde im Freien gelagert, nur die dünnen Dimensionen wurden per Hand in überdachte Regale geschoben, die nach vorne nur durch Vorhänge aus Zeltstoff geschützt wurden.

Nach einigen Monaten kam ich ins Büro und zwar in die Registratur zu Herrn Zaschke, dem ehemaligen Vorgesetzten von Herrn Kemper. Damals gab es neben den LKWs für den Geschäftsvertrieb einen PKW in der Firma, der vorrangig dem Leiter dieser Niederlassung zur Verfügung stand. Das Auto wurde liebevoll gepflegt und erfreute sich der Beachtung aller – ja, wenn man so ein Auto hätte. Entsprechend war auch die Bewunderung für den Chef, der scheinbar sagen konnte, was er wollte und kommen und gehen konnte, wann er wollte. Nur wenn am Morgen die Direktion aus Hannover anrief, war eine ähnliche Stimmung im Chefzimmer wie bei uns, wenn Herr Kemper ins Büro kam. Es gab dann nur Beflissenheit und Bemühen, keinen Fehler zu machen um so mehr natürlich bei mir, dem Stift. Es gehörte damals durchaus zu meinen Aufgaben, morgens die Post zu holen, sie abends zu frankieren und zur Post zu bringen. Das geschah alles zu Fuß, obwohl man für den Weg zur Post eine halbe Stunde brauchte. Alle Briefe wurden mit Briefmarken frankiert und ihr Ausgang in einem Buch festgehalten. Wehe, wenn die Portokasse nicht stimmte oder wenn man nicht sorgfältig geprüft hatte, ob nicht an eine Adresse zwei Briefe geschrieben wurden und womöglich zwei Marken verbraucht wurden, anstatt sie in einem Umschlag zusammenzufassen. Die Post machte der Stift natürlich nach Feierabend und mußte sich trotzdem sputen, denn die Einschreiben wurden nur bis 19.00 Uhr von der Post angenommen. Zweimal die Woche mußte ich für einen halben Tag in die Berufsschule. Da wurde man dann kontrolliert, ob man für den Rückweg nicht zu lange gebraucht hatte. Die Berufsschule machte mir großen Spaß und keinerlei Schwierigkeiten. Die Klassenkameraden waren meist zwei oder drei Jahre jünger als ich, was mich besonders bei den Mädchen sehr begünstigte.

Die Firma interessierte sich nicht sehr für die schulische Ausbildung, aber sehr für die Zeugnisse. Da meine Zensuren gut und besser waren, hatte ich hier einen Pluspunkt im Betrieb. Man war stolz auf mich. Das änderte aber nichts an den kleinen Problemen in der Firma. Vor allem, weil ich nur widerstrebend die vielen Nebenaufgaben erfüllte, die nun damals für einen Stift üblich waren, zum Beispiel die Botengänge für die Angestellten – Zigaretten holen. Da erinnere ich mich, ganz im Anfang mußte ich für Herrn Alpers Zigaretten holen, eine feine Sorte und ich, wohl an die Gewohnheiten der Ostzone denkend, verhaftet zu werden, legte die Schachtel geheimnisvoll in die Schreibtischschublade. Er fing ein furchtbares Donnerwetter an und ließ mir keine Chance, mein für ihn unehrwürdiges Verhalten zu erklären.

Meine Mutter hatte mir für meine Arbeit zwei Hemden genäht. Für mich waren sie sehr fein, so etwas hatte ich noch nie besessen. Aber es war wohl mehr ein Nachthemdstoff, das jedenfalls sagte die Schreibdame Schupetta, die mich mit tiefem Ausschnitt und blauen Flecken auf dem sichtbaren Teil des Busens darauf ansprach. Das hatte mich so getroffen, daß ich auf's Klo flüchten mußte, um meine Tränen des Zorns und der Unterlegenheit abzuwischen. Schlimmer waren meine Schuhe, die wirklich in einem katastrophalen Zustand waren. Man sagte damals dazu „Landmanns Gesundheitsschuh mit Seitenventilation." Von meinem ersten Lehrlingsgeld, nach Abzug der Fahrkarte und des Tabaks, aus dem ich mir meine Zigarette drehte oder den ich in einer kleinen Pfeife rauchte, im Betrieb natürlich heimlich, blieben nach Abgabe eines bestimmten Teils für den Haushalt 24 Mark 50 übrig, davon kaufte ich Schuhe. Natürlich sollten es Schuhe mit Kreppsohle sein, das war damals große Mode. Ich ging also von Schaufenster zu Schaufenster, bis ich sie gefunden hatte, die Schuhe für 22 Mark 20 ausgezeichnet. Ich ließ sie mir zeigen. Die Größe stimmte, aber ich verließ das Geschäft mit der Bemerkung, ich würde es mir noch überlegen. In Wirklichkeit mußte ich mir erst Strümpfe kaufen, denn zu der Zeit hatte ich noch Strümpfe, die nur aus einem Stutzen mit Steg bestanden. Der Fuß selbst war in einen sogenannten Fußlappen gewickelt. Die Strümpfe wurden gefunden für 2 Mark. Dann ging ich in die

124

öffentliche Toilette auf dem Husemann Platz. Zehn Pfennige mußten geopfert werden. Die neuen Strümpfe wurden angezogen, die alten blieben liegen. Und wieder ging's ins Schuhgeschäft. Es waren herrliche Schuhe. Ich schaute immer wieder in die Schaufenster und sah, wie sich meine neuen Schuhe mit Kreppsohle darin spiegelten. Ich war wohl glücklich an diesem Tag.

In der Gemeinde meines Vaters hatte ich mich dem CVJM angeschlossen und fand dort einen Kreis von sehr netten Jungen vor. In deren Kreis verbrachte ich meine Freizeit. Im CVJM fühlte ich mich sehr gut aufgehoben und genoß den Bonus, der mir als Sohn des Pfarrers zugute kam. Vergleichbar gab es auch einen Kreis der Mädchen, der mir nach und nach aber mit großer Zurückhaltung vertraut wurde. Ich wollte auf gar keinen Fall durch mein Verhalten die Situation der Familie erschweren. Im übrigen hatte ich immer noch die utopische Vorstellung, daß ich das Glück haben könnte, mit Marlis würde es doch zu einem guten Ende kommen. Aber wie, die Grenze und kein Geld, o weh!

In der Firma hatte ich mich trotz der strengen Spielregeln für mein Gefühl gut eingelebt und ein gutes Verhältnis zu den Angestellten und anderen Lehrlingen gefunden. Nach einem Jahr machte mein Vater einen Besuch in der Firma. Er traf Herrn Alpers an, der ihm sagte, es würde schon werden mit mir. Aber sicher würde es auch nach der Lehre noch fünf Jahre und mehr dauern, bis man was Rechtes mit mir anfangen könne. Ich war etwas erschrocken über diese Aussage, wo ich mir doch so viel vorgenommen hatte. Aber die Auskunft von Herrn Alpers hielt ich für eine ernstzunehmende Feststellung. Er war für mich einer, der es geschafft hatte, der erfolgreich war.

Trotzdem haben die jungen Leute immer, vor allem, wenn die Chefs außer Haus waren, ihren Unfug gemacht. Alfred Klein zum Beispiel hatte die Angewohnheit, das einzige Klo zu benutzen ohne abzuschließen. Das störte die Damen sehr, ihn aber nicht. Als er wieder einmal auf's Örtchen ging, habe ich den Schlüssel vorher von außen ins Schloß gesteckt, als er drin war, leise rumgedreht und er war gefangen. Er fing an zu rufen und zu klopfen, aber wir ließen ihn im Häuschen. In seiner Not kletterte er aus dem kleinen Fenster und landete auf dem Flachdach des kleinen Bürogebäudes und bat um eine Leiter. Als wir diese unter großem Gelächter herbeischafften, kam das Auto des Chefs. Aber trotz des Donnerwetters merkte man, daß auch er ein bißchen Spaß an der Sache hatte.

Zu der Zeit hatten auch die Angestellten noch wenig Geld. Jede Gelegenheit, etwas günstig zu ergattern, wurde also gern ergriffen. So konnte man in Sammelbestellungen der Firma günstiger Schokolade kaufen. Das machte die Firma. Herr Holmann, ein sehr sparsamer Junggeselle, kaufte auch zehn Tafeln. Diese Schokolade legte er in seine Schreibtischschublade und verschloß sie.

Bei besonderem Anlaß nahm er eine Tafel mit nach Hause. Als er eines Tages von Besuch erzählte, den er erwarte, war es soweit. Wir öffneten die Schublade, nahmen die oberste Tafel heraus und tauschten die Schokolade gegen Büroklammern aus, verklebten alles wieder sorgfältig und verschlossen den Schreibtisch. Am Abend nahm Holmann die Tafel erwartungsgemäß und ging nach Hause. Am nächsten Morgen kam Herr Holmann wütend und schimpfte fürchterlich. Wir sagten, wir hätten nichts gemacht, es sei wohl eine Attrappe der Firma, von der die Schokolade bezogen wurde, da müsse er zum Chef. Wir waren allerdings schon vorher bei Herrn Kemper gewesen, der den Spaß mitmachte. Wir sollten Holmann nur ermuntern zu ihm zu gehen, er würde das schon machen. Kemper gab ihm den Rat, da Holmann ja so gut formulieren konnte, was auch stimmte, er war ein hochbegabter aber etwas merkwürdiger Mann, einen Brief zu entwerfen an die Firma und er werde ihn dann weiterleiten. Den ganzen Tag saß also Holmann an einem Brief. Immer las er vor, veränderte und schrieb neu. Wir machten die Arbeit gern und mühten uns, die Dinge des Tages allein ordentlich zu erledigen. Dann ließ er den Brief endgültig schreiben und lieferte ihn ab. Der Chef lobte ihn und versprach, ihn schnellstens abzuschicken.

Einige Wochen später rief Herr Kemper Herrn Holmann herein und gab ihm fünf Tafeln Schokolade mit dem Hinweis, die habe die Firma als Ausgleich für die Panne geschickt. In Wirklichkeit hatte Kemper sie aus seinem Vorrat genommen. Holmann kam jedenfalls ganz aufgeräumt in unser Büro zurück und konnte nicht genug Lobendes über die Großzügigkeit der Firma berichten, die für ihre Fehler so freigiebig einsteht. Trotz seiner sprichwörtlichen Sparsamkeit opferte er eine Tafel für unseren Raum und dankte uns für unseren guten Rat.

Holmann hatte auch einen Schäferhund, einen Rüden, den er sehr liebte. Als wir eines Tages einen Anruf fingierten, in dem es hieß, er solle sofort nach Hause kommen, sein Hund habe Junge bekommen, stürzte er, ohne zu überlegen, aus dem Büro. Still und bedrückt kehrte er zurück. Wir waren jung und bös genug und freuten uns mit etwas schlechtem Gewissen, aber wir freuten uns. Eine Freundin hatte er auch, jedoch war es wohl mehr eine Wunschvorstellung seinerseits. Sie arbeitete in England und er hatte sie lange nicht mehr gesehen. Jedenfalls ließen wir ein Telegramm durch die Telefonzentrale ankommen: Ankunft 18.00 Uhr Hauptbahnhof, Gruß und Kuß Emmi. Er ließ sich für eine halbe Stunde vor Feierabend freigeben und fuhr zum Bahnhof. Wir hatten einen Mann am Bahnhof postiert, der uns über die Suche von Holmann berichtete, seine Braut zu finden. Er ließ sie sogar ausrufen. Holmann hat wochenlang mit keinem von uns gesprochen. Er ahnte wohl.

Holmann war zwar häufiger als die anderen von unseren bösen Scherzen betroffen, aber keineswegs der einzige. Ludwig Heller zum Beispiel, der ein überaus gewissenhafter Abteilungsleiter war und alles tat, um seine Rohre zu verkaufen, wurde an einem 1. April unser Opfer. Es kam eine sehr interessante Anfrage per Fernschreiben von der Firma Dr. Otto über Röhren und Rohrzubehör. Alles mußte stehen- und liegenbleiben. Herr Heller kalkulierte mit mir die große Anfrage durch, dann wurde das Angebot geschrieben. Er war froh, als die Dame die Unterschriftenmappe brachte, damit er die erste Unterschrift leisten konnte, aber das Angebot war rot durchgestrichen und der erste April rot eingerahmt. Ich habe selten eine Situation erlebt, wo jemand so lange brauchte, um zu begreifen, daß er einem bösen Scherz aufgesessen war. Er war zu perfekt. Wo kam denn das Fernschreiben her und alle hatten gerechnet? Er war erst sehr verärgert, aber da er ein ganz liebenswerter Mensch mit Humor war, hat er zum Schluß doch gute Miene zum bösen Spiel gemacht.

Mein Fahrrad, das ich noch aus der Ostzone gerettet hatte, sparte mir im Sommer die Busfahrkarte. Leider war es eine alte Karre. Eines Morgens hatte ich eine Reifenpanne und mußte den Rest des Weges schieben, ein weiter Weg. Als ich betrübt und durchgeschwitzt in die Firma kam, ging ich ins Chefbüro, um mich zu entschuldigen. Der Chef sagte, gut, aber es darf nicht wieder vorkommen. Ich war wütend, schließlich hatte ich ja das Pech mit dem Rad. Ich sagte nichts, im Stillen dachte ich mir, ich werde es meinem Fahrrad ausrichten.

In der Berufschule war Erwin Steinke, ein Junge aus Ostpreußen, mein Tischnachbar, auch einige Jahre jünger, ich verstand mich auf Anhieb mit ihm. Erfreulich war auch, daß der Schulstoff mir keinerlei Mühe machte und ich mit sehr guten Zensuren in der Schule jedenfalls ein gutes Selbstbewußtsein hatte. Dieser Zustand hat sich durch die drei Jahre gehalten und führte zu einem guten Abschluß bei Ende der Lehrzeit.

Ich war recht ausgelassen im Kreis meiner Kameradinnen und Kameraden und spielte auch gerne den Anführer, wenn es galt gute Stimmung zu machen. Ich erinnere mich an einen Klassenausflug, wo ich in Anlehnung an die zu dieser Zeit laufende Rundfunksendung von Just Scheu mit der Klasse am Abend dieses Spiel „Das ideale Brautpaar" spielte. Es war ein riesiger Spaß und man sprach lange davon.

In der Firma begriff ich mehr und mehr die Zusammenhänge, wenngleich ich im Anfang nach meiner praktischen Lagertätigkeit lange Zeit in der Registratur bei Herrn Zaschke ausgebildet wurde. Wenn man jedoch die erledigten Unterlagen nicht nur archivierte, sondern auch nach ihrem Sinn erforschte, konnte man schon eine Menge lernen: Preise, verschiedene Materialien und welche Formulare wofür verwendet wurden. Nach der Registraturzeit kam ich zu Herrn Holmann in die Streckenabteilung. Eines Tages als ich morgens in die Firma kam, rannte mir Herr Zaschke aufgeregt entgegen und sagte: „Der Chef ist tot." Ich konnte es nicht fassen, der Mann war Anfang vierzig. Was war passiert? Nach und nach kam heraus, er hatte Selbstmord begangen. Und nach weiterer Zeit die nächste Schreckensmeldung, auch die Telefonistin war tot. Ein nettes junges Mädchen, mit der der verheiratete Kemper ein Verhältnis hatte. Sie erwartete wohl ein Kind. Jedenfalls wurden sie gemeinsam tot in der Badewanne gefunden. Ihr Leben hatte mit einem elektrischen Stromschlag geendet.

Das war eine schreckliche Zeit. Ich war zutiefst betroffen und erschüttert, ein solch tüchtiger Mann. Nun, nach den Beerdigungen, die auf zwei verschiedenen Friedhöfen stattfanden, kamen mehr und mehr Gerüchte auf, daß es sich wohl nicht nur um die Liebesgeschichte gehandelt hat, sondern auch um eine handfeste Unterschlagung. Kemper, ein Verwandter des obersten Vorstandes, hatte in die Kasse gegriffen. Aber wie? Im Alleingang? Die Revision kam ins Haus und ich wurde der Revision zur Auffindung der Unterlagen zugeordnet. Darüber war ich nicht sehr begeistert. Endlich von der Registratur weg und nun wieder dabei. Aber es nützte nichts, meine neue Aufgabe war, der Revision die Unterlagen rauszusuchen. Während dieser wurden alle Mitarbeiter vernommen und durchleuchtet, weil man den Verdacht hatte, daß vielleicht mehrere Personen beteiligt waren.

Herr Alpers war inzwischen ausgeschieden und in die Leitung der Firma Kaupmann eingetreten. Dennoch ließ sich seine Mittäterschaft nachweisen und schwere finanzielle und persönliche Strafen waren die Folge. Waren das alle? Immerhin wurden Einwände wie „Das hat der Chef angeordnet" nicht akzeptiert. Von einem Mitarbeiter weiß ich, daß auf so eine Bemerkung geantwortet wurde: „Wenn nun der Chef angeordnet hätte, Sie müssen in den Rhein springen, hätten Sie das auch gemacht?" Jedenfalls wurde trotz aller Recherche kein wirklich belastendes Material gegen Mitarbeiter gefunden. Der Chef und sein ausgeschiedener Stellvertreter hatten die Veruntreuung durchgeführt. Der baute sich damit ein Haus und machte andere materielle Anschaffungen, der Chef hatte vor allem seiner jungen Geliebten imponieren wollen. Dafür reichte sein Gehalt wohl seiner Meinung nach nicht aus.

Die Methode war sehr einfach. Jeder Kunde, der sein Material abholte, erhielt einen Lieferschein, die Kopie war die Grundlage für die Rechnung, eine weitere Kopie verblieb im Block. Die Rechnungskopie wurde handschriftlich für die Rechnungslegung vorbereitet und an die Hauptstelle Hannover zur Fertigstellung geschickt. Herr Kemper entnahm der Post die Unterlage, erstellte auf einem nicht numerierten Formular eine Rechnung, machte die Kopie im Block als verschrieben ungültig und kassierte beim Kunden den Betrag persönlich. Umsatz gleich Unterschlagungsgewinn. Übrigens hatte die junge Telefonistin, die ihre verbotene Liebe so teuer bezahlen mußte, noch einen Bruder. Man sagte, daß das

Motorrad, mit dem der junge Mann ein halbes Jahr später tödlich verunglückte, auch aus den unredlichen Mitteln des Chefs angeschafft worden war.

Für die Übergangszeit, bis ein neuer Chef berufen wurde, kam zweimal die Woche ein Herr Morgenweck aus Beckum, wo er eine kleine Niederlassung der Firma leitete, nach Bochum. In dieser Zeit entstand der Spruch: „Der Morgenschiß kommt ganz gewiß und wenn es erst am Abend is." Einige Monate später war der Nachfolger gefunden, C. G. Heintze, später auch Günti genannt. Er war ein für diese Zeit ausgefallener Typ. Er hatte vor dem Krieg in leitender Position gearbeitet. Heintze trug blaulila Anzüge, gelbe oder weiße Socken und sehr farbenfrohe Krawatten. Sein Äußeres entsprach so gar nicht dem Stil, der damals in der Stahlbranche üblich war, Grau oder dezentes Blau, schwarze Schuhe und bedeckte Schlipse. Er fiel auf in jeder Weise und sein Schnauzer vervollkommnete das Bild, das ihn im günstigsten Fall wie einen zwielichtigen Unterhaltungskünstler erscheinen ließ. Bald zeigte sich jedoch, daß es sich bei Heintze um einen sehr intelligenten und gut ausgebildeten Kaufmann handelte, der mehrere Sprachen beherrschte und voller interessanter Ideen war. Er kam zunächst jeden Tag von Düsseldorf nach Bochum, bis er sich im Betriebsgebäude eine kleine Wohnung mietete. Wir nannten die Wohnung den „blauen Salon." Er war verheiratet, nutzte aber den blauen Salon reichlich für mancherlei Vergnügungen, die nach

133

und nach nicht unentdeckt blieben. Nie jedenfalls waren in diese Abenteuer Damen aus unserer Firma verwickelt. In der damaligen Zeit, ich war immerhin noch Lehrling, gab er mir auch mal freimütig den Rat, mein Leben zu genießen, aber immer daran zu denken, daß die eigene Firma tabu ist.

Inzwischen war ein zweimaliger Wechsel in der Lagerverkaufsabteilung eingetreten. Herr Kellner hatte bald nach meinem Eintritt Herrn Otting abgelöst und nun hatte Herr Kirsch, der mit mir angefangen hatte, Herrn Kellner abgelöst, der in den Außendienst versetzt wurde. In dieser Zeit war ich in der Abteilung von Herrn Kirsch, dem ich viel Erlerntes zu verdanken habe. Er war im Gegensatz zu seinem Vorgänger ein ausgesprochenes Organisationstalent und wußte seine Mitarbeiter gut zu motivieren. So wurde die Lagerkartei seit des Unterschlagungsereignisses einmal in Bochum und einmal in Hannover geführt und monatlich durch eine Liste verglichen. Kirsch, in Zukunft auch Alfred oder Vater Kirsch genannt, war sehr daran interessiert, in der Hauptstelle Hannover einen guten Eindruck zu machen und setzte für die fehlerfreie Karteiführung immer einen kleinen Preis aus, der aus zwei Tafeln Schokolade bestand, was bald zu einer sorgfältigen Karteiführung führte. Sein Vorgänger, der gutaussehende Otto Kellner, ertrank bei gleicher Arbeitslast und keineswegs besserer Leistung in der Arbeit und war nie fertig. Alfred Kirsch hatte das Organisationstalent, alle in die Arbeit mit

134

Freude einzubeziehen und sich selbst Zeit für neue Gedanken zu schaffen. Übrigens, Otto Kellner sah wirklich gut aus und das wußte er auch, eine Zigarettenfirma verwendete sein Foto für die Werbung.

Am Ende meiner Ausbildung wurde ein Platz in der Röhrenabteilung frei und ich bekam ihn angeboten. Ich war froh. Wenn es auch eine kleine Abteilung war, so war ich doch unmittelbar dem Leiter unterstellt und mußte ihn auch bei Abwesenheit vertreten.

Ludwig Heller war ein äußerst gewissenhafter Mann und manchmal auch etwas übertrieben pingelig. Obwohl es auf jedem Schreibtisch Rechenmaschinen gab, Ludwig rechnete alles persönlich aus. Seine Diktate schrieb er sich vorher mit Steno auf kleine Zettelchen und verglich die Post sorgfältig mit seinen Notizen. So war er auch umgeben von überholten alten Preislisten und in seinem Schrank stapelten sich alte Vorgänge, es könnte ja noch einmal von Bedeutung sein. Als er einmal längere Zeit krank war, hatte ich aufgeräumt. Er war entsetzt, als er wiederkam. Dennoch mochte er mich und es war eine gute Zeit.

Herr Holmann, Leiter der Streckenverkaufsabteilung, hatte einen Bekannten, der eine interessante Erfindung gemacht hatte und warb ihn für den Vertrieb dieses Produktes an. Als ich davon hörte, war es für mich klar, daß die Nachfolge sein langjähriger Stellvertreter Alfred Klein antreten würde, aber dem war nicht so. Die Abteilung wurde geteilt und die Leitung für die zwei Abteilungen Herrn Klein und mir übertragen, das war ein echter Aufstieg für mich. Ich war 23 Jahre alt und machte gerade den Führerschein. Mein Glück war, daß mir die erfahrene Schupetta zugewiesen wurde und obwohl es sich um einen schönen Drachen handelte, war sie für meinen Einstieg in die unbeherrschte Materie eine große Hilfe, so daß ich mit der neuen Aufgabe keine ungewöhnlichen Schwierigkeiten hatte. Alfred Klein war aber enttäuscht darüber, daß er nicht die alleinige Nachfolge übertragen bekam und fing an, sich zu bewerben und fand eine gute Stelle als Prokurist einer Stahlhandelsfirma. Sein Nachfolger wurde Peter Biermann, ein tüchtiger, ehemaliger Mitlehrling, der nach der Lehre die Firma verlassen hatte und nun zurückkehrte.

Peter war älter als ich, ein leidenschaftlicher Autonarr und hatte einen Sohn, den kleinen Peter. Seine Freundin kümmerte sich nicht um das Kind und der große Peter setzte alles daran, um das Sorgerecht für den kleinen Peter zu bekommen. Es wurde ihm zugesprochen. Er sorgte wie Vater und Mutter für ihn und war sehr stolz.

Bei der Arbeit war Peter großzügig, ständig suchte er was, vergaß er was. Ein Wunder, daß dabei nicht größerer Schaden entstanden ist. Er hatte nicht das Glück gehabt bei Vater Kirsch zu lernen oder bei Ludwig Heller. Es wäre mir egal gewesen, wenn wir uns nicht gegenseitig im Urlaub vertreten hätten. War er im Urlaub, brachte ich sorgfältig seine Akten in Ordnung, allerdings war das Chaos nach seiner Rückkehr bald wieder da. Ging ich in Urlaub und kam wieder, fand ich ein furchtbares Durcheinander vor. Obwohl ich den Peter gern hatte, gab es da manchmal Krach. Als Biermann nach zwei Jahren ausschied, wurde die Abteilung wieder zusammengelegt und mir allein übertragen. Damit war aus meiner Sicht die für mich bestmögliche Position erreicht und ich war einerseits zufrieden, andererseits machte ich mir Gedanken, wie es weitergehen könnte. Man müßte dann wohl die Firma wechseln. Als unser Chef C. G. Heintze jedenfalls zu Krupp wechselte, um in Dortmund eine Niederlassung für Krupp aufzubauen, sagte ich ihm beim Abschied, ich sei nicht mit der Firma Eisen AG verheiratet.

Kurz vorher ereignete sich eine kleines Mißgeschick, über das ich oft nachgedacht, das ich oft erzählt habe und über das ich auch gelacht habe. Der Lagerverkauf Kirsch befand sich am Eingang des Gebäudes und diente gleichzeitig als Anmeldung, die der jüngste Stift der Abteilung wahrzunehmen hatte. In diesem Fall war es Rainer Kaminski (seither Rainer Maria Hilf genannt). Ein wichtiger Besucher wollte zu Heintze und meldete sich an. Rainer ging ins Chefzimmer. Günti war übellaunig und sagte: „Der kann mich mal am Arsch lecken." Rainer kam wieder und gab den Gefühlsausbruch wörtlich wieder, worauf Vater Kirsch schrie: „Rainer Maria, hilf!" und trotz seines beachtlichen Gewichts zum Chef sauste. Der war sofort zur Stelle, begrüßte den Gast mit erdrückender Herzlichkeit, so daß diesem nach kurzem Staunen nichts übrigblieb, als mit Heintze zur Normalität zurückzukehren. Ja, das konnte der Günti verblüffend gut. Einmal als ich ihm am Anfang unseres Kennenlernens in den Mantel helfen wollte, sagte er ganz ernst: „Danke, danke, is mir schon mal 'ne Brieftasche bei verschwunden." Ich war im ersten Moment starr vor Schreck und er hatte seinen Spaß.

Herr Heintze ging also zu Krupp. Sein Nachfolger, Herr Althaus, bis dahin leitender Mitarbeiter von Thyssen, der vornehmlich die Zechen als Repräsentant betreut hatte, wurde Vorstand und somit saß ein Vorstandsmitglied in Hannover und eins in Bochum. Diese Einrichtung führte auch zu der Veränderung des kleinen Bürohauses. Bisher hatten sich der Leiter der Niederlassung und sein Stellvertreter Herr Leihe ein Zimmer geteilt. Die Schreibkräfte saßen im Schreibzimmer zusammen und wurden auch von der Leitung nach Bedarf gerufen. Nun mußte ein Sekretariat für den Vorstand und eins für Herrn Leihe, den Prokuristen, eingerichtet werden. Herr Heintze hatte immer den Satz drauf gehabt: „Wer mehr verdient, hat mehr zu sagen" oder „Wer das Kreuz hat, segnet sich." Jedenfalls war mein Abteilungsraum in dieser Planung zunächst ohne annähernden Ersatz in Gefahr, weil er durch die neue Organisation aufgefressen wurde. Darüber kam es zwischen Herrn Leihe und mir zu einem handfesten Krach. Ich hatte es in den Jahren so erlebt, daß Rügen lautstark ausgetragen wurden, allerdings einseitig, der Untergebene hatte zu schweigen. Ich war so wütend, daß ich die Spielregel durchbrach. Wir haben so geschrien, daß die Mitarbeiter den Atem anhielten und ungesehen so nahe wie möglich an den Kampfplatz kamen, um ja alles mitzubekommen. „Der hat es ihm aber gegeben." Mein Ansehen bei der Belegschaft war eher gestiegen. Was für Konsequenzen das haben würde, war mir nicht klar, ich hielt Kündigung für möglich. Einige Tage später hat mich Herr Leihe zu sich gerufen und sagte, wir sollten noch einmal vernünftig darüber reden. Er machte mir für die Raumfrage einen akzeptablen Vorschlag, daß ich zufrieden war. Er gab mir die Hand und der Fall war ein für alle Mal erledigt. Tage später begannen die Bauarbeiter eine ehemalige Wohnung im Bürohaus auf die Bedürfnisse hin umzubauen. Der neue Chef kam und einige ungewohnte Dinge dazu. Gleichzeitig zu seinem Einzug brachte er auch die Chefsekretärin , eine herbe, säuerliche, nicht häßliche, aber letztlich alte Jungfer mit. Er kam mit einem Mercedes, für den auch ein Chauffeur per Annonce gesucht wurde. Solange der Fahrer nicht da war, mußte morgens ein Lehrling am Fenster stehen und bei seinem Eintreffen hinauslaufen und ihm seine Tasche abnehmen und die Tür aufhalten. Bei einem der ersten Gespräche mit mir sagte er, daß er ein sehr frommer Mann sei und auf ein christliches Zusammenleben Wert lege,

139

was ich als Pastorensohn wohl verstehen würde. Insbesondere gelte es, den evangelischen Glauben zu bewahren. Mir war ganz heiß geworden. Beim ersten Weihnachtsfest überreichte er bei Kerzenschein und Adventsbeleuchtung jedem Mitarbeiter persönlich das Weihnachtsgeld. Bei mir machte er noch ein paar christliche verbindende Sprüche. Mir wurde wieder ganz heiß. Bekannte erzählten mir, daß er wohl nicht immer so fromm gewesen sei, diese Wandlung trat erst nach dem Zweiten Weltkrieg ein. Beim nächsten Weihnachtsfest fragte er seinen Fahrer, ob er denn auch am Sonntag in der Kirche gewesen sei. Der Fahrer sagte: „Nein, ich weiß nicht, wieso sollte ich auch?" „Ja, danken für das Weihnachtsgeld." „Das habe ich doch von der Firma erhalten." „Nein, über die Firma durch Gott." Oh je, mir machte er den Vorschlag, bei der Betriebsweihnachtsfeier aus der Bibel vorzulesen. Ich lehnte ab. Die Lesung wurde dann von der Sekretärin vorgenommen. Einmal, als ein evangelischer Lehrling, der dem Chef dadurch gefallen wollte, daß er ihm erzählte, er wolle später vielleicht einmal Pfarrer werden, eine Riesendummheit mit Diebstahl und ähnlichem gemacht hatte, rief er mich und Herrn Leihe herein und sagte, wir müssen alles tun, um die Geschichte nicht bekannt werden zu lassen, es würde sonst der evangelischen Kirche schaden. Herr Leihe bemerkte trocken, daß er zwar evangelisch sei, aber im übrigen nichts von alledem halte. Althaus blickte verständnislos. Unter diesen Umständen reduzierte sich das Engagement von Herrn Leihe für die Firma, unter anderem mit der Folge, daß er ein Verhältnis mit der Sekretärin anfing, die meine frühere Schreibkraft war. Herr Leihe war verheiratet und hatte eine Tochter.

Auch ich hatte gegen alle Ratschläge (nie in der Firma!) eine sehr intensive Freundschaft zu einer verheirateten Frau im Betrieb. Einmal in der Woche, wenn ihr Mann beim Kegeln war, trafen wir uns und wir verstanden uns. Sie war eine wunderbare Frau. In ihrer Jugend hatte sie eine tiefe, aber unerfüllte romantische Liebe zu einem wohlerzogenen, geistreichen, sensiblen Jungen gehabt. Sie war älter als ich und fand wohl in mir ein wenig einen Ausgleich für die Jugendenttäuschung. Ich liebte sie trotz eines großen Schuldgefühls. Sie hatte nämlich eine durchaus normale und damit wohl auch glückliche Ehe. Als ich meinem Freund Wilhelm Westrup meine Geschichte an meinem 26. Geburtstag beichtete, hat er mir sofort ins Gewissen geredet und fest verlangt, die Geschichte sofort zu beenden. Ich tat es noch am nächsten Tag, obwohl es mir sehr schwer gefallen ist. Sie war sehr traurig, sah die Notwendigkeit jedoch ein. Sie schrieb mir eine liebe Karte mit folgendem Vers:

Und war es auch ein großer Schmerz
Und war's vielleicht gar eine Sünde,
wenn es noch einmal vor Dir stünd
Du tätest es noch einmal mein Herz.

Wir haben uns später 30 Jahre lang mit einem Brief oder einem Anruf zum Geburtstag gratuliert. Es war eine besondere Freundschaft.

Nun war es nicht so, daß ich vorher mit Rücksicht auf die Gemeinde oder wegen der Hoffnung auf eine Lösung mit meiner geliebten Marlis keinen Kontakt zu Mädchen hatte. Aber besonders genoß ich die Urlaube und kann sagen, daß ich in den Jahren wunderbare Frauen kennenlernte. Gleich nach meiner Lehre im Jahr 1953 machte ich meinen ersten eigenen Urlaub in Travemünde, genauer gesagt, auf dem Priwal, einer kleinen Enklave gegenüber von Travemünde an der Grenze zur DDR. Man mußte mit der Fähre nach Travemünde fahren. Damals reisten die Schweden wegen der dortigen Alkoholbeschränkung in Scharen an die deutsche Ostseeküste. Die Männer kamen also, um ungehemmt Alkohol zu genießen und die Frauen, um sich zu amüsieren.

Ich lernte eine süße 18-jährige Schülerin kennen, Ingard Janson aus Jörvsö. Es war ein reizendes Mädel, strohblond und very attractive. Sie sprach eine bißchen deutsch, aber gut englisch. So kam ich das erste Mal dazu, meine so mühselig erworbenen Englischkenntnisse anzuwenden. Es waren schöne Tage und lange haben wir uns danach geschrieben.

1954 war ich auf Westerland. Die Halbinsel begeisterte mich. Natürlich war meine finanzielle Ausstattung ein Jahr nach der Lehre noch sehr bescheiden und so mietete ich keinen Strandkorb, sondern setzte mich immer in einen, der gerade frei war. Einmal ging das nicht gut, denn die Besitzerinnen, zwei junge Damen, nahmen mit Erstaunen von dem Eindringling Kenntnis. Eine der Damen hieß Lilo, eine hübsche, charmante junge Frau. Wir haben uns angefreundet und verliebten uns. Bei unseren langen, interessanten Gesprächen stellten wir fest, daß der junge Mann, der sie seit langem erfolglos in ihrer Heimatstadt Kiel umwarb, mein guter Freund Bernd Schmidt aus meinen Kindertagen war. Lilo war eigentlich ein sehr wohlerzogenes Mädchen, das mich in ihrer zurückhaltenden Art direkt verblüffte. So fragte sie einmal, als wir uns in einer sehr vertrauten Situation befanden und sah mich dabei mit ihren großen, strahlenden Augen an: „Hänschen, stimmt es, daß Männer kleine Brüste lieben?" Ich habe es ihr gerne bestätigt und auf mich bezogen, diese kleine Notlüge in Kauf genommen, denn sie war wirklich zauberhaft und lange nach dem Urlaub hatten wir Kontakt und wäre nicht die Entfernung gewesen, wer weiß.

Auf Norderney, es war wohl 1956, lernte ich Ingrid Abel kennen. Es war ein Urlaub, den ich auch aus anderen Gründen erwähnen muß. Ingrid war mal wieder älter als ich, sehr schick und wirkte nicht nur auf junge Männer, sondern auf alle Altersgruppen. Jeder wollte sie einladen und so war ich besonders stolz und froh, daß sie sich für mich entschied. Wir hatten eine sehr turbulente und ungewöhnlich intensive Urlaubszeit, in der Tag und Nacht nicht die sonst übliche Rolle spielten. Es war eine erfahrene Frau. Sie war nicht allein gefahren, sondern hatte eine sympathische, aber etwas unscheinbare Begleiterin. Auch ich hatte einen netten Herrn kennengelernt, der ein Textilgeschäft in Köln besaß. Er und seine Frau fuhren wegen des Geschäfts immer getrennt in Urlaub. Herr Springob aus Köln. Er hatte kein Interesse an einem Flirt, nahm sich aber der Begleiterin meiner Angebeteten in freundschaftlicher Weise an. Wir gingen zusammen aus und machten auch sonst vieles gemeinsam. Einmal beim Baden am Nordstrand hatte er mir den Vorteil seiner Brille ausführlich erklärt. Wie er sagte, war sie sehr teuer und zum Ski fahren angeschafft worden. Sie sei eben eine ausgesprochene Sportbrille, deshalb behalte er sie auch beim Schwimmen auf. Jedenfalls nach unserem Bad war sie weg. Wir haben lange getaucht und gesucht, aber ohne Ergebnis.

Im nächsten Jahr war ich auf Borkum. Es gefiel mir auch da sehr gut. Aufgefallen war mir ein sehr hübsches Mädchen mit ihrer Freundin und ich bemühte mich sehr um sie. Aus mir damals unerkanntem Grund kam ich trotz freundlicher Konversation aber nicht weiter. Ich konnte es mir nicht erklären, denn sie gab auch nicht zu erkennen, daß ihr meine Werbung unangenehm war. Eines Abends war das Geheimnis gelöst. Unerwartet und an einem ruhigen, abseits gelegenen Platz sah ich die beiden jungen Frauen in eindeutig zärtlicher Umarmung. Ich habe mir nichts anmerken lassen, aber meine Bemühungen habe ich natürlich eingestellt. In diesem Urlaub hatte ich noch eine Begegnung mit einer jungen Frau, die mir von ihrer gerade auseinandergegangenen Beziehung erzählte und sehr traurig war. Ich habe ihr zugehört und wir hatten gute und interessante Gespräche. Ihr Urlaub war früher beendet als meiner. Ich brachte sie zum Zug und wünschte ihr alles Gute. Adressen hatten wir nicht getauscht. Ich wußte nur, daß sie nach dem beendeten Studium als Apothekerin in Bonn arbeitete. Noch auf der Insel merkte ich, daß ich mich in das Mädchen verliebt hatte und als ich zu Hause war, meinte ich, es vor Sehnsucht nicht aushalten zu können. Ich fuhr nach Bonn und ging in jede Apotheke, in der Hoffnung, sie zu finden, aber es war mir nicht vergönnt. Die Tatsache, daß ich die Signale nicht rechtzeitig wahrgenommen hatte, bedeutete das Ende der Geschichte. Das hat mich lange beschäftigt.

Eine andere Urlaubsbekanntschaft hielt auch lange über den Urlaub hinaus. Ich hatte die Helga Bohne auf Norderney kennengelernt, eine passionierte Reiterin aus Hannover. Ich habe sie zwar in Hannover besucht, aber es fehlte eine gewisse Entschlossenheit sich auf eine feste Beziehung einzulassen. Dann zog sie nach Iserlohn und auch da trafen wir uns und verstanden uns immer besser. In dieser Zeit lernte ich meine spätere Frau kennen, somit war der Fall Helga Bohne erledigt.

Außerhalb meiner Dienstzeit beschäftigte ich mich gern in der Gemeinde meines Vaters. Ich machte Wanderungen mit Jugendlichen mit Bibelstunden in der Natur und regelmäßig im Gemeindehaus und fing an, Theater zu spielen. Die Voraussetzungen im Gemeindehaus waren gut. Es gab eine Bühne und einen großen Saal. Wir fingen mit Hans Sachs an und steigerten uns zu recht guten Leistungen. Man nannte es Laienspiel und mein Interesse wuchs, so daß ich auch den Kontakt zu dem ausgezeichneten Theater in Bochum suchte und fand. Jede Vorstellung habe ich über Jahre besucht und die Schauspieler waren mir vertraut wie alte Bekannte, die Giese, Hans Messmer, Rosel Schäfer, Klaus Klausen, Hans Ernst Jäger und viele andere. 1954 hatte ich noch ein Abendstudium an der Wirtschaftsakademie Bochum begonnen und war fast jeden Abend auf der Schulbank. Aber wenn ich ins Theater ging, verließ ich die Vorlesung vorzeitig, um ja nicht die Vorstellung zu verpassen. Im Theatercafé hatte ich einen Stammplatz. Es war ein wenig eine andere Welt.

1957 erhielt ich einen Anruf von meinem früheren Chef Günter Heintze. Ob ich nicht Lust hätte, die Walzstahlabteilung der Firma Krupp in Dortmund in der neu gegründeten Niederlassung aufzubauen. Ich sagte zu, kündigte bei der Eisen AG und trat am ersten Juli 57 meinen Dienst bei Krupp an. Da ich Herrn Heintze und die Firma Krupp kannte, hatte ich es nicht für nötig befunden, mir den neuen Arbeitsplatz anzusehen. Ich fuhr also mit dem Auto, einem VW-Käfer, den ich meinem Vater in gutem Zustand abgekauft

hatte, von Bochum nach Dortmund zu der angege-
benen Adresse Hövelpforte. Herr Heintze mit
Sekretärin saß in einer Büroetage mitten in der
Stadt und sagte, daß wir nun zu meiner Arbeits-
stätte nach Dortmund-Lindenhorst fahren werden.
Da war ich schon etwas verwundert. Jedenfalls
kamen wir auf ein Industriegelände hinter der
Firma des Sportpräsidenten Daume. Man könnte
das Areal als eine große Baustelle bezeichnen, an
einer Seite lagen Berge vor. Stahl unsortiert und
große Bündel Rundstahl und dahinter ein kleines
Wiegehäuschen. Darin saß ein junger Mann, Herr
Mattes und Fräulein Uhlenbruch. Ein leerer
Schreibtisch stand auch noch da, der war mir
zugedacht. Auf dem Schreibtisch lag eine Liste.
Herr Heintze sagte, da müsse ich immer Striche
machen für Gespräche, die die Baufirma führt. Ich
wurde als der zukünftig für Walzstahl Zuständige
vorgestellt. Fräulein Uhlenbruch reichte mir noch
eine Blechdose, die ich auf den Schreibtisch stellen
muß, wenn es regnet, denn es regnet durch. Die
Aufgabe mit den Strichen habe ich sofort an
Fräulein Uhlenbruch zurückdelegiert. Dann lernte
ich den Lagerleiter Heinicke und seine Mitarbeiter
kennen und den Bauleiter der Baufirma. Herr
Heintze bat mich, einen Belegungsplan zu
erstellen, damit die in Kürze fertige Halle optimal
genutzt werden könne.

Die getätigten Umsätze waren noch gering,
aber mir fiel auf, daß die Warenbewegungen auf
dem Notlager rege waren. Hier arbeitete ein

Kranführer der benachbarten Firma Krupp Dolberg für uns mit, bis unsere eigene Krananlage zur Verfügung stand. Ich sah den Kran ständig in Aktion, ohne daß sich dies in den Büchern als Umsatz wiederfand. Ich sprach Herrn Mattes auf meine Beobachtung an und er sagte, es wundere ihn gleichermaßen, aber man könne und dürfe aus solchen Vermutungen nicht ohne Grund Verdächtigungen machen. Ich blieb wachsam.

Ich habe noch nicht erwähnt, daß parallel zu der Lagergrenze uneingezäunt ein Zigeunerlager war, wo in Wohnwagen und Zelten ungefähr zehn bis fünfzehn Familien mit behördlicher Genehmigung kampierten. Nach einigen Tagen glaubte ich meiner Vermutung sicher zu sein und setzte mich ohne genaue Kenntnis unauffällig in meinen VW-Käfer und rief den Lagerleiter zu mir. Wir müßten ins Hauptbüro fahren, es gäbe beim Chef eine Besprechung. Er stieg ein. Nachdem wir einen Kilometer gefahren waren, hielt ich an und sagte, wir müßten noch einmal zurück, ich habe noch etwas vergessen, einige Aufzeichnungen der Lagerbewegung. In dem Moment, als ich das Steuer herumriss, rief er spontan: „Ich gestehe!" Ich fragte: „Was denn?", woraufhin er meinte, ich wüßte ja sowieso alles. Ich schlug vor, daß wir in eine Kneipe gehen und er mir sagen solle, was er mitzuteilen habe. Er erzählte mir eine spannende Geschichte über seinen kompletten Betrug, die das Ausmaß meiner Ahnung weit übertraf. Ich fuhr nach dem Geständnis in die Hauptstelle, wo ich dem Chef sagte, Herr Heinicke wolle etwas beichten, er solle bitte seine Sekretärin zum Mitschreiben rufen, was er tat. Heintze war sehr überrascht und fragte, wie es denn nun weitergehen sollte, nachdem wir diesen tüchtigen Lagermeister verloren hätten. Ich versprach ihm, das Problem zu lösen.

Als ich zurück ins Lager kam, versammelte ich die Mannschaft und fragte einen der Männer, der mir recht pfiffig erschien, ob er sich die Aufgabe zutraue und so wurde Herr Kaliebe Lagermeister, ein engagierter Mann. Später erzählte er mir seine Geschichte. Er war Berliner und Hochseilakrobat gewesen, war nach einem Absturz unter dem Namen Coloni Seiltänzer geworden. Er trat an interessanten Plätzen, so zum Beispiel in Travemünde auf. Jedoch hatte sein Sturz ihn so geschädigt, daß er mehr und mehr seine Sicherheit verloren hatte und sich deshalb als Arbeiter verdingte.

Das Geschäft und der Bau machten gute Fortschritte und bald konnten wir in das Gebäude einziehen. Nun kamen auch die Herren für die anderen Bereiche Sanitär, Draht, Eisenwaren und Röhren. Für den Bereich Röhren wurde mein Schulfreund und Landsmann Erwin Steinke gewonnen. Im Rahmen meiner Aufgabe als Leiter der Walzstahlabteilung mußte ich auch Reisen zu Kunden und Lieferanten machen. Eines Tages im Oktober '57 fuhr ich per Auto nach Köln zu einem Lieferanten. Da ich relativ pünktlich fertig war, dachte ich, ich könnte noch meinen alten

Geschäftsfreund Ernst Ernestus besuchen, der in Wuppertal eine Eisenhandlung hatte. Ich kannte ihn noch gut von meiner Tätigkeit bei der Eisen AG Lothringen. Vor allem wollte ich seine Mitarbeiterin Frau Kohnen einmal sehen. Die war damals so um die Dreißig und hatte einen kleinen Sohn, der auch Hans-Hermann hieß, wie ich. Mit ihr hatte ich immer am Telefon geflirtet. Sie war verwitwet und ich hoffte, sie persönlich kennenzulernen und mich vielleicht mit ihr zu verabreden. Als ich dort klingelte, machte mir eine entzückende junge Dame auf, grüner Pulli, weißes Krägelchen und Pferdeschwanz. Ich gab ihr die Hand und mußte sie ansehen. Sie wirkte selbstbewußt, wurde aber verlegen. Es entstand eine unglaubliche Spannung im Raum. Unsere Hände waren für einen Moment nicht voneinander zu trennen. Plötzlich sprang sie los und rief Frau Kohnen. Frau Kohnen kam, aber mein Interesse an ihr war seit der Begegnung an der Tür auf Null gesunken. Ich beschränkte mich auf geschäftliche Notwendigkeiten und war schnell wieder draußen. Ich spürte, daß die junge Dame mit dem grünen Pullover mir zum Schicksal geworden war. Nun war ich endgültig verliebt. Beglückt sagte ich meiner Mutter, die sonst in dieser Beziehung nicht viel von mir hörte: „Ich habe heute das Mädchen kennengelernt, das ich heiraten werde." Sie war sprachlos.

Es war in der Tat der Beginn einer wunderbaren und dauerhaften Liebe. Ich rief schon am nächsten

Tag bei Ernestus an und hatte prompt Frau Kohnen am Apparat. Ganz nebenbei versuchte ich unauffällig den Namen von der jungen Dame an der Tür in Erfahrung zu bringen. Darauf bemerkte Frau Kohnen: „Ach, das ist die kleine Inge Köchermann, die bei uns die Buchhaltung macht." Den Namen hatte ich nun schon. Am nächsten Tag versuchte ich sie direkt zu erwischen, hatte aber schon wieder die Kohnen am Apparat. Umständlich verlangte ich Fräulein Köchermann zu sprechen, die aber angeblich nicht da war. Ich gab nicht auf. Irgendwann hatte auch die Kohnen begriffen und ich bekam das Fräulein Köchermann endlich an den Hörer. Ich verabredete mich mit ihr, Treffpunkt: Hauptbahnhof Barmen, allerdings erst für einen Sonntag in vierzehn Tagen.

Ich konnte froh sein, daß sie überhaupt kam, denn sie hatte sich in den Kopf gesetzt, daß ein so verzögertes Rendez-vous nicht ernstzunehmen ist. Nur meinem zukünftigen Schwiegervater ist es zu verdanken, daß sie dann doch noch am Bahnhof stand. Er überzeugte sie davon, daß man Verabredungen einhalten müsse, die persönliche Beurteilung könne man dann besser treffen. Sie ahnte ja nicht die Konsequenzen, die sich aus unserer ersten Begegnung für mich ergaben. Ich wollte ihr ehrlich und frei gegenüberstehen, dazu brauchte ich das dazwischenliegende Wochenende, um mich von meinen bisherigen „Freundinnen" zu verabschieden. Als ich sie vor dem Haupteingang des Bahnhofs stehen sah, war sie sofort wieder da, die Faszination des ersten Treffens. Wir fuhren mit meinem Käfer nach Haßlinghausen in ein Tanzlokal und hatten einen vergnüglichen Abend. Ich war sehr glücklich, denn ihr ganzes Wesen zeigte mir, daß mein Traum Wirklichkeit werden könnte. Selbstverständlich verabredeten wir uns wieder, diesmal natürlich für die nächsten Tage.

Die Ehe meiner Eltern hatte in dieser Zeit einen erheblichen Riß bekommen. Mein Vater, der wegen seiner langen Kriegszeit und Gefangenschaft, immerhin elf Jahre, und der gesundheitlichen Folgen nicht glaubte, alt zu werden, machte eine Kur in Bad Gastein. Seit dieser Zeit verkehrte in unserem Hause seine Freundin Erika, die den Besuchern als Freundin der Familie, Frau Dr. Heinemann, vorgestellt wurde, obwohl sie nie einen akademischen Grad erreicht hatte. In einer ihrer Ehen war sie mit einem Dr. Heinemann verheiratet gewesen. Nun ja, es machte sich gut, ganz gegen die sonst sehr genaue Kenntnis und Methode meines Vaters, der als Burschenschaftler wie selten ein anderer wußte, was sich gehört und was nicht. Die Veränderung in unserer Familie führte dazu, daß ich mein Glück der Familie nicht präsentieren konnte und auch nicht wollte. In dieser Situation erschien es auch einfach nicht sinnvoll. So fuhr ich denn zu meiner Schwester Annegret und ihrem Kurt, und stellte meine Inge stolz dort vor. Sie wurde von ihnen sofort ins Herz geschlossen.

Am 16. September feierte ich meinen Geburtstag bei meiner Schwester, meine Eltern waren auch eingeladen. Ich war allein direkt von der Arbeit dorthin gefahren. Während des Gesprächs wurde über die Taufe des kleinen Sohnes Bernd gesprochen und meine Schwester sagte, man solle die Taufe im kleinsten Kreis feiern und mein Vater sollte sie natürlich vornehmen. Mein Vater bestand darauf, daß auch die Erika eingeladen werden soll, das wollten meine Schwester und mein Schwager nicht. So verließ mein Vater nach einem beachtlichen Zornausbruch die kleine Feier, natürlich mußte meine Mutter mit.

Bernd wurde von einem anderen Pfarrer getauft und meine Schwester litt unter dem totalen Aus in der Beziehung zu unserem Vater. Als ich dann 1959 meinen Vater bat, meine Inge und mich zu trauen, sagte er, nur dann, wenn meine Schwester nicht eingeladen wird. So mußten wir uns für unsere Trauung auch nach einem anderen Pfarrer umsehen. Als ich meinen zukünftigen Schwiegervater um die Hand seiner Tochter bat, kam ich ganz schön ins Schwitzen bei der Erklärung, warum mein Vater, der Pfarrer, uns nicht trauen wird. Das Gespräch dauerte erheblich länger, als meine zukünftige Schwiegermutter sich vorstellen konnte. Ohne zu wissen, warum sich das Ganze so in die Länge zog, kam sie herein und sagte: „Paul, was macht ihr da so lange, nun quäl doch den Jungen nicht so." Als sie dann die Geschichte hörte, war sie doch betroffen.

Meine Schwiegereltern, die ich beide sehr schätzte, hatten ein schweres Leben hinter sich.

Meine Schwiegermutter verlor mit zehn Jahren ihre blinde Mutter an Krebs und mit Dreizehn ihren Vater, der an den Folgen eines Unfalls als Zimmermann verstarb. Ihre Geschwister waren älter und hatten Berufe. Sie war zu jung und mußte sich nach der Schule ihren Lebensunterhalt im Haushalt verdienen, mal als Kindermädchen, mal als Köchin und als Hausmädchen. Unter anderem war sie bei einem leitenden Herrn der Firma Thyssen und später bei einem jüdischen Kaufhausbesitzer beschäftigt. Sie war eine ungewöhnlich tüchtige, geschickte und intelligente, aber auch energische Frau. Mein Schwiegervater stammte aus Dommitzsch an der Elbe und war der dritte Sohn des wohlhabenden Bauunternehmers Emil Köchermann. Sein ältester Bruder Erich hatte studiert und eine Professorentochter geheiratet. Diese Verbindung wurde von seinen Eltern zunächst wohlwollend betrachtet. Er selbst stand dem dritten Reich nahe. Als er nach dem Krieg sein zweifelhaftes Ansehen verloren hatte, war das Interesse seiner Frau an ihm so gut wie erloschen, dementsprechend behandelte sie ihn, so daß die übrige Familie sie nicht mehr akzeptierte. Er ist dann auch bald gestorben. Der zweite Bruder meines Schwiegervaters arbeitete beim Vater im Geschäft. Richard hat dann auch das Geschäft übernommen. Der jüngste Bruder, Erich, war Kaufmann und hat jahrelang in Afrika für große Firmen gearbeitet. Später wurde er in Hamburg Leiter eines Handelshauses, das zum Henkelkonzern gehörte.

Ihn zeichnete besonders aus, daß er als Sportler in jungen Jahren 1927 Goldmedaillengewinner bei der Olympiade im Weitsprung wurde. Mein Schwiegervater Paul hatte den Beruf des Speditionskaufmanns in einer Magdeburger Firma erlernt. Er war später mit einem der Inhaber befreundet und hatte Prokura für das Unternehmen.

Aus der Ehe meiner Schwiegereltern gingen drei Kinder hervor, Ulrich, Hans und Inge. Die Ehe war wohl sehr glücklich. Sieben Jahre hatten die beiden gespart, um einen schuldenfreien Hausstand gründen zu können, wobei die jüdische Arbeitgeberin meiner Schwiegermutter, die inzwischen Witwe war, auch sehr geholfen hat. Das haben die beiden nie vergessen und oft erzählt. So hat meine Schwiegermutter am Ende des Krieges, als sie schon dreizehn Jahre verheiratet war, immer noch Kontakt gehalten und vor allem geholfen, obwohl Paul wegen dieser Verbindung immer Schwierigkeiten befürchtete. Mein Schwiegervater war Kriegsteilnehmer im Ersten Weltkrieg und im Zweiten Weltkrieg wurde er auch wegen seiner beruflichen Aufgaben nicht eingezogen. Die Schule von Ulrich und Hans wurde nach Barbi evakuiert, weil Magdeburg in den letzten Kriegsjahren zu gefährlich war. Am letzten Tag des Krieges war schon die weiße Fahne in Barbi gehißt, da kam einer der Übereifrigen und holte sie wieder ein. Es kam zu einem Gefecht mit den Amerikanern und die Bevölkerung flüchtete auf Anweisung in einen Graben hinter einer Mauer. Da saß dann auch meine Schwiegermutter mit ihren drei Kindern, ganz links sie, dann Ulrich, dann Inge, dann Hans. Nach dem Angriff waren der 14-jährige Ulrich und der 10-jährige Hans tot. Inge hatte ihre toten Brüder im Arm und ihre Mutter war so schwer verletzt, daß mein Schwiegervater den Arzt fragte, ob er ihr Leben nicht beenden könne. Die Jungens wurden jedenfalls ohne Mutter in aller Stille und Eile beigesetzt. Gegen alle Erwartungen besserte sich der Zustand meiner Schwiegermutter körperlich, seelisch hat sie sich nie davon befreien können.

Mein Schwiegervater war in Magdeburg, wie gesagt, bei einer Spedition als leitender Angestellter tätig. Als die Russen kamen, wurde er als Wirtschaftsführer ins Gefängnis gesteckt. Da sie keine kriminellen Handlungen im Sinne ihrer Betrachtungsweise finden konnten, kam er nach mehreren Monaten wieder frei. Er zeigte stolz die Entschuldigung von Grothewohl. Mein Schwiegervater war in der Tat ein ehrenwerter Mann, der keinem etwas zuleide tat und dem Unrecht zutiefst zuwider war. Die ganze wirtschaftliche Entwicklung führte dann 1955 zur Übersiedlung der Firma nach Wuppertal und mein Schwiegervater folgte und wurde damit „republikflüchtig". 1956 flüchtete meine Schwiegermutter mit meiner Frau nach Wuppertal. Sie zogen in eine winzige Wohnung, weil es zu dieser Zeit eine wirkliche Wohnungsnot gab.

Inge hatte, obwohl hochbegabt, aufgrund der früheren leitenden Position ihres Vaters keine

156

Erlaubnis für die Oberschule in Magdeburg erhalten. Sie lernte im Krankenhaus Hauswirtschaft. Nach Abschluß machte sie eine kaufmännische Lehre in einem Industriebetrieb. Nach der Übersiedlung in den Westen arbeitete sie bei der Firma Ernst Ernestus Wuppertal, wo ich sie kennenlernte.

Für mich entwickelten sich die Dinge in der Firma gut. Der Aufbau gelang und ich erhielt 1959 Handlungsvollmacht. Inzwischen war Herr Kaliebe ausgeschieden, da er einen interessanten Posten bei einer Polizeizeitung als Anzeigenwerber erhalten hatte. Er warb für diese Zeitung in folgender Weise: Morgens suchte er sich die Adressen von Großfirmen heraus und rief diese an. Er meldetet sich mit: „Hier ist die Polizei", schob etwas leiser 'Zeitung' hinterher, „ich bitte um einen Termin bei der Geschäftsleitung". In der Regel hat er diesen auch bekommen und konnte ohne Umwege sein Angebot an höchster Stelle anbringen. Das Wort 'Polizei' beeindruckte wohl die Käufer so, daß er aufgrund seiner guten Umsätze nur noch halbtags arbeiteten mußte. Als seinen Nachfolger hatte ich meinen alten Freund Kirsch gewonnen, der mit seinem Organisationstalent dem schnell wachsenden Unternehmen voll entsprach. Wir hatten inzwischen fünfundzwanzig LKWs und einen Lagerbestand von mehreren Millionen.

Leider befolgte mein Ziehvater Heintze seine eigenen Vorgaben nicht und erlag der Versuchung eines Liebesverhältnisses mit einer Angestellten. Sie war ein Mädchen, das mit aller Gewalt an die Seite eines Leitenden strebte. Die meisten haben das ausgenutzt, aber keiner blieb bei ihr. Ausgerechnet der Chef konnte nicht widerstehen. Als die Sache bekannt wurde, stellte man ihm einen gleichberechtigten Kollegen zur Seite, Egon Zawieja, sicher mit der eindeutigen Ansage, ihn abzulösen, was dann auch geschah. Mein Verhältnis zu Zawieja war zunächst leider etwas distanziert, wohl weil er vermutete, daß mir der Abgang von Heintze nicht gefallen habe, da mein gutes Verhältnis zu ihm bekannt war.

Als ich die Handlungsvollmacht bekam, wurde ein Fest gefeiert mit Ehrungen usw. Es war schon etwas Besonderes damals für so einen jungen Mann in solch einer renommierten Firma. Mein Freund Kirsch fragte mich, wie es nun weiter mit mir geht. Da habe ich selbstbewußt geantwortet, beim jetzigen Stand sei die Prokura wohl nicht zu vermeiden, sollte ich sie bald erreichen, würde ich wohl noch Direktor werden.

Meine Arbeit machte ich im Rahmen der Firmenvorgaben, angefüllt mit Phantasie in der Gestaltung. Nun war nicht jeder Schritt leicht und es gab auch Pannen. So zum Beispiel bei der zweiten Inventur, die damals noch mit numerierten Blöcken durchgeführt wurde. Ein Block hatte 50 Positionen. Die Vollständigkeit der Blöcke war die Voraussetzung für eine vernünftige Bewertung der Ware. Trotz eines Schreibers, der Ein- und Ausgabe der Blöcke quittieren ließ beziehungsweise selbst quittierte, war am Ende der Inventur ein Block nicht aufzufinden. Es gab großen Ärger, die Inventur mußte wiederholt werden und zwar mit neutralen Mitarbeitern des Krupp Mutterhauses in Essen, die per Autobus angefahren wurden. Deren Inventur war fast wertlos, denn diese Herren ohne Fachkenntnisse schrieben zum Beispiel: Ein rundes Stück Stahl, sechs Meter lang mit Loch, während es heißen mußte: Nahtlose Siederohre, 108 Millimeter Durchmesser nach DIN. Bei Tausenden von Positionen wären da wahnsinnige Fehler gemacht worden. Gott sei Dank fand sich der verlorene Block im Heizungskeller hinter einer Glaskiste ein. Ein Mitarbeiter des Außendienstes, der sich kurz vor der Entdeckung seiner Unterschlagung wähnte, hatte durch diesen Vorfall versucht von sich selber abzulenken. Übrigens es war sehr interessant, in diesem Zusammenhang etwas festzustellen. Zu der Zeit ließ die Firma Krupp Schriftgutachten über die Bewerber anfertigen. Im Schriftgutachten dieses Herrn war ein Hinweis auf mögliche Unzuverlässigkeit des Mannes in Bezug auf Geld zu erkennen und siehe da, das Gutachten traf zu. Ich hielt nicht soviel von solchen Beurteilungen, aber es hat mich nachdenklich gemacht und es hat sich später immer wieder gezeigt, daß solche qualifizierten Gutachten außerordentlich genau sein können.

Die Vorgaben des Unternehmens waren für mich unantastbar und kaum kritikfähig, anders die handelnden Personen. So war ich bestrebt, alle Plätze optimal zu besetzen und die Firmenziele zu erreichen. Dieses ist mir wohl weitgehend gelungen, so daß wir Erfolg hatten.

Heintze mußte ausscheiden und leider muß ich sagen zu Recht, denn er hatte in seiner Krise die Grenzen überschritten. Er setzte die junge Dame, deren Fähigkeiten bei weitem nicht dafür ausreichten, ins Sekretariat und flirtete auch sonst völlig ungeniert im Haus mit ihr. Abends rief seine Uta laut durch die Räume, einen laufenden Rekorder unterm Arm: „Günti, komm wir wollen nach Hause gehen". Nach seinem Ausscheiden wurde ein neuer Prokurist namens Remme eingestellt, der mir vorgesetzt war mit der Aufgabe, das Blechgeschäft zu entwickeln. Remme kam von der Firma Otto Wolf, bei der er Schwierigkeiten mit seinem Vorgesetzten hatte, dem Herrn Both. Was er nicht wußte, war, daß Both sich ebenfalls bei uns in die oberste Handelsleitung beworben hatte und den Platz auch erhielt. Both war also Chef des Handels geworden und damit hatte Remme seinem Schicksal nicht entfliehen können.

Von Zawieja wurde Remme geschätzt, denn er verfügte über ein hervorragendes Fachwissen, was Zawieja gerne für das Unternehmen abschöpfte. Dafür nahm er auch Remmes ungeschliffenes Auftreten als Kaufmann hin. Eines Tages wurde Zawieja mitgeteilt, daß die Gesellschaft Dortmund nun selbständig würde. Als alleiniger Geschäftsführer habe man Herrn Paul Brand gewonnen, der ihm entweder vorgesetzt werde oder er müsse die Leitung des Hauses Hamburg übernehmen. Er war sehr enttäuscht, zu Recht, denn er hatte sich den Platz erarbeitet. Nach erfolgloser Mühe, den Dortmunder Geschäftsführerposten doch noch zu erhalten, entschloß er sich für Hamburg und wurde auch da sehr erfolgreich.

Herr Brand war zunächst äußerst vorsichtig gegenüber jedermann. Er kam aus dem Hause Heinrich Aug. Schulte, dem man bei den leitenden Herrn eine solche Haltung nachsagte. Im Laufe der Zeit entwickelte sich jedoch ein sehr gutes und im weiteren Verlauf ein fast freundschaftliches Verhältnis und ich muß sagen, Brand war menschlich ein sehr qualifizierter Chef. Erfreulicherweise waren wir sehr erfolgreich und es gab Lob und Belobigungen auch im Vergleich zu den anderen Häusern. Im Zusammenhang mit dem Ausscheiden von Remme passierte noch eine etwas merkwürdige Geschichte.

Ich befand mich im Urlaub und Remme hatte um seine Freistellung gebeten, da er sich selbständig machen wollte. Es wurde ihm gewährt. Rolf Koch, Sohn des Gründungschefs des Handels, war in Dortmund Prokurist und Chef der Marketingabteilung und Koordinator des Röhren-, Draht- und Eisenwarenbereichs. Er fühlte sich jedoch unter Wert eingesetzt. Als Remme ausschied, glaubte er, Chef des größten Dortmunder Bereichs werden zu können. Damals hatte ich noch nicht Prokura. Ohne daß es eine

Anweisung gab, setzte er sich auf den Platz von Remme und beorderte mich nach Urlaubsrückkehr in das Büro, um mit mir die weitere Vorgehensweise zu besprechen. Was er nicht wußte, war, daß Brand mich schon am Abend meiner Rückkehr zu sich nach Hause gebeten hatte und mir eröffnete, daß ich die Nachfolge Remmes antreten solle, also Leitung der drei Stahlabteilungen, natürlich in Bälde dann mit Prokura. Herr Koch war wegen seiner Eigenmächtigkeit in einer komischen Lage. Als ich weisungsgemäß Koch aufsuchte, kam Brand hinzu und bat Koch, das Gespräch zu beenden und zu ihm zu kommen. Danach war alles klar. Koch mußte die Kröte schlucken, aber es hat dennoch auch mit ihm ein ausreichend kollegiales Verhältnis gegeben.

Als ich 32 Jahre alt war, erhielt ich Prokura. Ich glaube, ich war einer der jüngsten Handelsprokuristen und ich war stolz. Zwei Jahre später wurde Brand in die Geschäftsleitung nach Kiel berufen und schlug mich zu seinem Nachfolger als Geschäftsführer vor. Ich war erfreut und sah mich bestätigt. Meine Prokuristenkollegen Sünkler, Weinert und Koch akzeptierten wohl diese Entscheidung, obwohl mindestens der Finanzprokurist Sünkler selber mit dem Gedanken gespielt hatte. Alle drei waren über 50 Jahre alt und kamen wohl trotz aller Tüchtigkeit hierfür nicht in Frage. Der Finanzkollege Sünkler schaltete sofort um, hielt mir die Tür auf und war überhaupt auffällig entgegenkommend, obwohl er soviel älter war. Ich

162

sagte ihm, daß ich das nicht wolle, ich möchte auch in Zukunft mehr ein kollegiales Verhältnis zu meinen bisherigen Kollegen. Er sagte, Ehre, wem Ehre gebühre. Herr Brand berichtete, daß der Vorstand der Ernennung zustimmen wolle und daß dies in den nächsten Tagen geschehen würde. Da passierte etwas Merkwürdiges. Herr Nienhaus, Altprokurist im Hause Duisburg und ein guter Freund von Sünkler, hatte sich massiv um die Nachfolge Brands beworben. Als man zu erkennen gab, daß die Würfel gefallen seien, führte er ins Feld, daß er dann zur Konkurrenz in Dortmund wechseln würde. Dieses Risiko wollte man nicht eingehen und so entstand die schwierige Situation gegenüber mir. Wie sag ich's meinem Kinde. Ich wurde zu einem Gespräch nach Duisburg gebeten, wo der höchste Handelschef aus Essen, der Duisburger Geschäftsführer Dr. Wollstätter, Herr Brand, Herr Nienhaus und ich anwesend waren. Herr Nienhaus wurde Geschäftsführer und mir wurde zugesagt, daß meine Berufung nicht aufgehoben, sondern nur aufgeschoben sei. Der nächste freie Platz in Deutschland als Geschäftsführer werde mir zugesagt. Ich versprach trotz meiner Enttäuschung loyale Zusammenarbeit mit Nienhaus, woran ich mich strikt gehalten habe, bis ich zum Geschäftsführer des Hauses Freiburg im Breisgau berufen wurde. Übrigens erzählte man sich die abenteuerliche Geschichte, daß der Vertrag, den Nienhaus mit der Konkurrenz schließen wollte, schon unterschrieben im

Postkasten gewesen sei und daß man ihn gerade noch abfangen konnte. Nun ja.

In die Zeit meiner Prokura fiel die Geburt unseres ersten Kindes. Am 17. Mai 1963 wurde unsere Katja geboren. Ich habe diesen Tag als den schönsten meines Lebens empfunden. In der Nacht setzten die Wehen ein. Ich war durch einen Kursus als Vater gut vorbereitet, brachte meine Frau ins städtische Krankenhaus in Dortmund und wartete bis sechs Uhr morgens. Dann ging ich den Schwestern mit meiner Fürsorge und meinen Wünschen wohl etwas auf die Nerven und sie schickten mich nach Hause. Anderthalbhalb Stunden später erhielt ich den Anruf, daß ein gesundes Mädchen geboren war! Ich war völlig außer mir, sang und benahm mich euphorisch, als ob ich unter Drogen stände. Mit offenem Mantel und Blumen unterm Arm eilte ich ins Krankenhaus und begegnete einer blonden jungen Schwester mit einem süßen, schwarzhaarigen Baby auf dem Arm. Ich fragte nach dem Zimmer meiner Frau auf der Privatstation Professor Busse. Sie sagte, das ist die Tochter von Frau Beckherrn. Ich war aufgeregt und jubelte: „Das ist mein Kind, das ist mein Kind!" Zehn Tage später kamen die beiden nach Hause in unsere erste Wohnung, die wie eine Puppenstube eingerichtet war. Sie hatte nur einen Mangel, es fehlte ein Kinderzimmer und deshalb suchten wir eine neue Wohnung. Als Katja ein Jahr alt war, zogen wir in eine Einliegerwohnung in einem Einfamilienhaus in Lindenhorst ganz in der Nähe der Firma, aber so gut wie im Grünen.

Der Hauswirt war Schreinermeister auf der Zeche Minister Stein, ein sehr netter Mann, nur seine Ehe war miserabel – der Wermutstropfen in dieser Wohnung. Die Frau war eifersüchtig auf alles und jeden und ließ das auch meine Frau spüren.

1966 hatten wir mit dem Nachwuchs nicht das Glück. Im fünften Monat erlitt meine Frau eine Fehlgeburt. Inge konnte diesen Verlust nur schwer verschmerzen. Als wir dann 1968 nach Freiburg zogen, wurde am 9. April vor dem Umzug unsere kleine Dunja in Dortmund geboren. Ich war schon seit dem 1. April in Freiburg, wollte an sich die Geburt abwarten, aber Herr Köhler von der obersten Leitung, dem ich das vortrug, lehnte ab. „Sie bekommen ja nicht das Kind, sondern Ihre Frau. Wenn es soweit ist, können Sie ja hinfahren". Ich bat meinen inzwischen besten Freund Eugen Becker sich zu kümmern, wenn es soweit ist. Dunja hatte sich aber nicht zögerlich angemeldet, sondern die Zeichen standen auf Sturm. Obwohl nach Inges Anruf nach Mitternacht der Eugen eine halbe Stunde später eintraf, gefolgt von seiner lieben Frau Gretchen in ihrem kleinen Fiat Bambino, war das Fruchtwasser weg und die Wehen folgten kurzfristig. Eugen setzte meine Inge in den Mercedes und sauste los mit der Empfehlung: „Kneif die Beine zusammen, wir schaffen es!" Gretchen erlitt einen Schwächeanfall und mußte in unserer Wohnung verbleiben. Als die beiden an einem Unfallkrankenhaus vorbeikamen, fragte die

Inge, ob sie nicht lieber da halten sollen, Eugen aber entschied wie vorgesehen zu Professor Busse in die städtischen Krankenanstalten zu fahren. Dort angekommen in höchster Not, stürzte Eugen ins Krankenhaus und schrie: „Halte durch, ich hole Hilfe!" Meine Frau konnte es nicht mehr aushalten und wankte hinterher. Schon im Flur wurde nach Bruchteilen von Sekunden auch den Schwestern klar, daß eine Sturzgeburt bevorstand. Ohne die üblichen Rituale nahmen sie das kleine Menschlein von meiner angezogenen Frau in Empfang. Ein gesundes Prachtkind – völlig knitterfrei. Das Chaos war groß, Becker wurde für Beckherrn gehalten, also gratulierte man Eugen und wollte von ihm die Vaterschaftsdaten wissen, kurz gesagt, er war absolut überfordert. Eugen rannte zur nächsten Telefonzelle, um mir über den glücklichen Ausgang dieser spannenden Geschichte zu berichten und um mir zu gratulieren. Als er auflegte, entleerte der Apparat seinen gesamten Inhalt, den er aufsammelte und Inge als Glückspaket aufs Bett warf. Am Morgen kam ich in die Firma und fuhr sofort per Zug nach Dortmund. Mein Vorgänger im Amt Herr Treichel fragte, warum ich nicht gleich mit dem Auto losführe. Ich konnte nicht, ich war zu aufgeregt, um 500 Kilometer über die Autobahn zu rasen. Am Mittag holte mich mein Freund Eugen am Dortmunder Bahnhof ab. Wenige Minuten später konnte ich Mutter und Kind in die Arme schließen.

Noch wohnte ich in Freiburg in einer besseren Studentenbude. In den ersten Wochen machte ich mit meinem Vorgänger Herrn Treichel Kundenbesuche bei den wichtigsten Abnehmern des Freiburger Hauses. Er, um sich zu verabschieden, ich um mich vorzustellen. In der ersten Zeit hatte ich etwas Schwierigkeiten mit der Sprache, vor allem im Kaiserstuhl, in der Gegend von Pfaffenweiler und am Oberrhein. Ich ertappte mich dabei, daß mir oft nur ja, ja als Antwort übrigblieb, weil ich manches nicht verstehen konnte. Einer dieser Kunden war Herr Kähms, der in Freiburg Lehen sein Geschäft hatte und in Heuweiler am Eingang des Glottertals wohnte. Er fragte mich, ob ich schon eine Wohnung habe und ich mußte leider verneinen. Er erzählte, daß seinem Haus gegenüber eine Wohnung frei sei und nach Besichtigung und Gespräch mit dem Eigentümer zogen wir wenige Wochen später ein.

Heuweiler, ein wunderschönes Dörfchen liegt am Fuße des Schwarzwaldes und ist neun Kilometer von Freiburg entfernt. Ich habe mich gleich in das Örtchen verliebt. Entgegen meiner bisherigen Theorie, daß Bauen nicht wirtschaftlich ist, wuchs der Wunsch nach einem Eigenheim. Diese Theorie basiert auf einer einfachen Überlegung sich vorzustellen, jemand hätte 500.000 Mark in der Tasche und könnte sich davon ein Häuschen bauen. Nimmt er jedoch dieses Geld und legt es intelligent bei einer Bank an, dann kann er damit 50.000 Mark Ertrag im Jahr erzielen und sich von dieser Rendite eine wunderschöne Wohnung für 2000 Mark mieten und es bleibt, wie man sieht, noch ein beträchtliches Sümmchen übrig. Nehmen wir an, die Theorie wäre richtig, so bleibt natürlich immer noch die Tatsache, daß die meisten Menschen keine 500.000 Mark besitzen, aber viel wichtiger ist, daß Wohneigentum noch andere, nicht meßbare Vorteile hat und so fiel die Entscheidung für das Eigenheim, bestärkt durch die Mentalität der Badener: „Schaffe, schaffe, Häusle baue!" 1973 zogen wir ein. Ich wurde mit Leib und Seele ein Bürger von Heuweiler.

Nach einigen Wochen der Übergabe, übernahm Herr Treichel seine neue Position, die Geschäftsführung des Hauses Stuttgart. Einerseits freute er sich über die Aufgabe, andererseits fiel es ihm schwer, sich von Freiburg zu trennen, hatte er doch in seiner Zeit den wesentlichen Aufbau und Ausbau dieses Hauses erfolgreich geleitet.

Eine kleine Geschichte in diesem Zusammenhang. Mit der Tätigkeit eines Geschäftsführers war auch ein Dienstmercedes verbunden. Herrn Treichels Freiburger Wagen hatte so ziemlich die Kilometer, die zur Anschaffung eines neuen Wagens erforderlich waren. Sein Vorgänger in Stuttgart fuhr dasselbe Modell, allerdings Kilometer jung. Guck an, Herr Treichel nahm seinen Freiburg-Wagen nach Stuttgart mit, mit dem Ergebnis, daß Treichel nach einigen Monaten einen Mercedes des neueren Typs bekam. Ich durfte den Stuttgarter Wagen fahren. Viel Arbeit stand bevor, bis mir auch ein neues Auto winkte.

Das Geschäft war in den Jahren 1967 und 1968 nicht so gelaufen wie erwartet, das traf auch in

Freiburg zu. So kam es, daß die oberste Leitung Anfang 1969 begann, neue Absatzstrukturen zu diskutieren. Das war der Beginn einer langen Suche nach neuen Wegen mit vielen Experimenten, die nicht immer Erfolg hatten. Der Wunsch nach Veränderung wurde 1969 unterbrochen, als die ganze Handelsgruppe eine gutes Geschäft machte, Freiburg hatte ein ungewöhnlich gutes Jahr. Obwohl es der Markt war, der den Erfolg möglich machte, war die Freude der Oberleitung groß und es fehlte nicht an Lob und Sonderprämien. Vielleicht hätte man aus der Ruhe dieses guten Jahres ein neues Modell gebären können, das auch der Zukunft entsprochen hätte, aber einige Jahre passierte auf dem Gebiet nicht genug. Anfang der 70er Jahre kam eine Änderung der Art, daß die selbständigen GmbHs aufgegeben wurden und in Niederlassungen einer Essener Zentrale umgewandelt wurden. Die ehemaligen Geschäftsführer wurden zu Direktoren der Firma ernannt. Es ist vielleicht ein Zufall, aber seit dieser Zeit gab es immer wieder Probleme. Zentralisation scheint, verbunden mit der daraus folgenden Bürokratisierung, der dezentralen Kompetenz und Verantwortung nicht überlegen zu sein.

In dieser Zeit begann auch bei mir gelegentlich eine Unsicherheit gegenüber Vorgaben. Der Grund für die Aufgabe der GmbH war ein steuerlicher. Bei der selbständigen GmbH zahlte jeder, der Gewinn machte, die Steuern, bei der zentralen Bilanz fielen die Steuern aus dem Saldo an.

Der Markt wurde immer schwieriger. Das Überangebot bei Vergleichbarkeit der Artikel im Großhandel, die Marktsättigung und damit der Druck auf die Preise erforderte viele Maßnahmen, um zu bestehen. Auch die Unterschiedlichkeit der Häuser der eigenen Gruppe stand dem Wunsch nach einem einheitlichen Konzept im Wege. Ein Patentrezept konnte es also nicht geben. Bei einem Haus stimmte der gewünschte Matktanteil, beim anderen die Lagerkosten. Das eine Haus hatte durch seine Struktur begründet zu hohe Personalkosten, zum Beispiel wer ein großes Kesselgeschäft hatte, brauchte einen großen Kundendienst und war somit schwer vergleichbar mit einem Haus mit kleinem Kesselgeschäft. Viele Modelle wurden versucht, um die sinkende Wirtschaftlichkeit zu bremsen. Stahl zu Stahl, Haustechnik in eine eigene Firma, Spartenorganisation, Rückkehr zu alten Modellen usw. Es war eine bewegte Zeit, die den vollen Einsatz erforderte und auch ein bißchen Glück gehörte dazu. Aber dafür muß die Sonne scheinen, man muß ein Brennglas haben und brennbares Material darunter. Dann muß man das Glas auch noch im richtigen Winkel halten. „Auch Glück erfordert mehr als nur darauf zu warten." Das sagte Herr Dr. Brinkmann in seiner Rede anläßlich meines 25jährigen Dienstjubiläums. Um meiner Chronistenpflicht nachzukommen, möchte ich gerne die Menschen erwähnen, die mir in guten und schlechten Tagen im Betrieb zur Seite gestanden haben. Menschen, denen ich früher versprochen habe, sollte ich ein Buch schreiben, sie werden sich bestimmt darin wiederfinden. Hier sind sie: Frau Heimel, meine Sekretärin. Die Prokuristen Badautschek, Malcher und Liebig. Die Abteilungsleiter Klammer, Holzmann, Gibson, Petirsch und Völker. Meine Chefs und Kollegen dieser Freiburger Zeit Helmut Both, Dr. Brinkmann, Helmut Köhler, Klaus Dieter Treichel und nicht zuletzt Hermann Bolten, den ich zu meinen wenigen persönlichen Freunden und Vertrauten zähle. Meine glückliche Familie machte die Bewältigung der Belastungen möglich!

Jedes Jahr unternahmen wir eine schöne Reise, in den letzten Jahren waren es auch meist zwei. Viele Reiseerinnerungen sind mir geblieben. Im Jahr 1982 reisten Inge und ich nach Tunesien, es war eigentlich noch Winter. Dort umgaben uns sommerliche Temperaturen. Einmal entschlossen wir uns zu einem Spaziergang von der Hotelanlage aus am Meer entlang nach Hammamet und hielten uns bis zum Abend dort auf. Als wir zurückwanderten, war der Strand leer und der berühmte tunesische Sonnenuntergang nahm uns gefangen. Es war wunderbar, aber wir merkten nicht, daß wir an der Hotelanlage schon lange vorbeigelaufen waren. Plötzlich sah ich am Waldrand vielleicht neunhundert Meter entfernt ein Rudel wilder Hunde. Ich bekam einen Schreck. Meine Frau sagte, wir kehren um, die Hunde sind ja weit weg. Kaum hatten wir kehrt gemacht, da waren sie aber schon da, bildeten einen geschlossenen Kreis um uns, der dann immer kleiner wurde. Es waren etwa zwanzig Tiere, verwildert und hungrig. Ein struppiger Mischling führte das Rudel an. Der kam mir schon so nahe, daß er kläffend und knurrend an meiner Hose zerrte. Ich war mir sicher, er wollte mich fressen. Meine Frau sagte: „Kopf hoch, Brust raus und die Hunde nicht ansehen!" Ich geriet in Panik. Meine Knie fingen an zu zittern. Ich glaubte, nicht weitergehen zu können, aber Inges mutiges Weiterschreiten trieb mich voran, an der Hand meiner Frau. Die Verwilderten schlichen zwar gierig knurrend weiter um uns herum, offensichtlich die Order des Leittieres abwartend, ließen uns aber den Spielraum ein Stück vorwärts zu kommen.

Da trafen wir auf die ersten bewohnten Häuser. Der Kreis der Hunde wurde wieder größer und sie verschwanden in der Dämmerung. Über dieses Erlebnis konnte ich lange nicht sprechen. Der Urlaub war vorbei, der Alltag hatte uns wieder. Es gibt im Leben manche Dinge, die schwer zu beschreiben sind. Wegen des tragischen Ausgangs fällt es mir auch sehr schwer, hierüber zu sprechen. Alles was ich sage, wirkt in meinen Augen unzureichend und banal. Weil man oft in der Erinnerung dazu neigt zu glorifizieren, möchte ich für die Kraft unserer Beziehung einen Brief sprechen lassen, den mir Inge 1976, neunzehn Jahre, nachdem wir uns kennengelernt hatten, aus dem Krankenhaus schrieb, als ihre schwere Krankheit gerade ausgebrochen war. Die wenigen Worte dieses Briefes umschließen eigentlich im Wesentlichen den Wert unserer außergewöhnlichen Verbindung.

172

Mein liebes Mückelmännchen!
Nun bist Du wieder fort, und ich möchte Dir ein paar
Zeilen schreiben, weil sie mir aus dem Herzen fließen
wollen. Soviel Sorgen und Mühe habe ich Dir durch meine
Krankheit in der letzten Zeit bereitet, was mir aufrichtig
leid tut, umso mehr, als ich weiß, wie sehr Du Dich
wirklich gesorgt hast. Wie rührend warst Du um mich
bemüht und wieviel Kraft und Glück hast Du mir dadurch
gegeben. Ich weiß gar nicht, was ich ohne Dich hätte
anfangen sollen!
Man wird von Unerwartetem überrascht, und nie ist einem
deutlicher als dann, wie glücklich man mit dem
Mausemann an seiner Seite war und, vor allem, wie
brennend gern man es auch noch bleiben möchte!
Laß mich Dir heute danken für all Deinen Einsatz, Deine
Liebe, Fürsorge und Treue. Du sollst wissen, daß ich in
meinem Leben noch nie einen Menschen so sehr geliebt habe
wie Dich und keinen anderen so sehr lieben könnte!
Tausend Küßchen – gute Nacht –
Deine Idscha

Das Leben in Heuweiler, an dem ich soweit wie
möglich teilnahm, gab mir viel Freude. 1976
wurde ich in den Gemeinderat gewählt und
gehörte ihm 14 Jahre an, ab 1980 als stellvertre-
tender Bürgermeister. Eine Besonderheit in dieser
kleinen Gemeinde war, daß der Gemeinderat nicht
aus Parteien hervorging, sondern aus zwei freien
Wählergemeinschaften, was dazu führte, daß die

Kraft für die üblichen Streitereien grün, rot oder schwarz gespart wurde. Es ging um persönliche Entscheidungen, was ich sehr gut fand und ich bedauere manchmal, daß dieses auf größere Gemeinden nicht übertragbar ist. 1983 hielt ich eine Rede zur Verabschiedung des in den Ruhestand tretenden Bürgermeisters Binninger, die ich erwähne, weil sie gleichzeitig ein wenig Einblick in das schöne Heuweiler gibt.

Ansprache von Herrn Beckherrn anläßlich der Verabschiedung von Herrn Bürgermeister Binninger in Heuweiler am 30. Juli 1983:

Sehr geehrter Herr Bürgermeister Binninger,
sehr geehrter Herr Bürgermeister Dr. Benteler,
sehr geehrte Damen und Herren,

nichts ist so beständig wie der Wandel, nichts ist so beständig wie die Veränderung, ein von unserem Oskar Binninger zu Recht häufig gebrauchter Ausspruch. So ein Wandel trat auch vor 13 Jahren ein, als Oskar Binninger Bürgermeister von Heuweiler wurde. Man kann sagen, zum dorfgeschichtlich richtigen Zeitpunkt hatten die Bürger von Heuweiler die richtige Entscheidung getroffen.
Eine Gemeinde hatte sich entschlossen, wegen der schwieriger werdenden Zeiten, Gemeindereformen und andere Entwicklungen von einem Amateur-Bürgermeisteramt, das sich über lange Zeit

174

bewährt hatte, nun um der Entwicklung gerecht zu werden, auf einen Profi-Bürgermeister umzustellen. Die Veränderung, dieser Wandel oder wie man heute sagen würde, diese Wende, brachte allein schon eine große Eigendynamik mit.

Aber auch die Persönlichkeit von Oskar Binninger war dem Wandel mehr als nützlich. Gekonnt souverän nahm er das Steuer der kleinen Gemeinde genauso ernst in die Hand, als wäre es eine große Gemeinde. Ganz nach dem Motto: Wer im Kleinen treu ist, ist auch im Großen treu. Es war ja nicht die Größe der Gemeinde, sondern das Vertrauen, das ihm die Bürger geschenkt hatten, das es zu rechtfertigen galt.

Heute nun sagen wir Dank für alles, was mit seiner Hilfe und seinen Fähigkeiten hier bewegt wurde.

Vieles ist gelungen, manches gefällt nicht allen, aber immer stand der fast eiserne Wille dahinter, es recht zu machen.

Wandel, wie wir ihn heute verstehen, ist Chance und Risiko. Beides wurde von Oskar Binninger genutzt, Chancen, die er für uns und mit uns wahrgenommen hat, mit dem Risiko, daß etwas auch mal nicht gelingt.

Gewählt wurde Oskar Binninger das 1. Mal am 4. Oktober 1970, er war damals einziger Bewerber.

Wahlberechtigt waren 446 Bürger, abgegeben wurden 294 Stimmen = 66 Prozent, hiervon entschieden sich 247 Stimmen = 84 Prozent der gültigen Stimmen für Oskar Binninger. Sein Amtsantritt war der 14. Oktober 1970.

175

Auf die Treue komme ich noch zu sprechen, aber das Wort paßt an diese Stelle, denn auch bei der Wiederwahl bewarb sich Oskar Binninger. Am 20. August 1978 wurde er erneut gewählt. Wahlberechtigt waren 580 Bürger, 309 Stimmen wurden abgegeben = 53,3 Prozent. Für Oskar Binninger stimmten 293 Stimmen = 94,77 Prozent.

Die Einwohnerzahl betrug bei Amtsantritt in Heuweiler 688 Bürger, heute 1983 sind es 788. Zwischendurch, im Jahre 1977 hatten wir einmal einen höchsten Stand von 826 Bürgern. Das Haushaltsvolumen betrug 1970 bei Amtsantritt 316.000 Mark im ordentlichen Haushalt, im außerordentlichen Haushalt 239.000 Mark. 1982 betrug der ordentliche Haushalt 1.322.000 Mark und der Vermögenshaushalt 322.000 Mark. Das Vermögen der Gemeinde betrug bei Amtsantritt 1.071.000 Mark, die Schulden 89.000 Mark, je Einwohner 129 Mark.

1982 betrug das Vermögen 4.000.968 Mark, die Schulden 770.000 Mark je Einwohner 950 Mark.

In den Jahren seiner Amtszeit wurden unter Oskar Binninger neben vielen nicht hier erwähnten Einzelmaßnahmen folgende größere Maßnahmen in Heuweiler durchgeführt:

Im Straßenbau:

Der Wiesenweg, die Waldstraße, Kandelstraße, Bergstraße, Weidweg, Kirchberg, Glottertalstraße, Kreisstraße 4918 = Dorfstraße von Gasthaus Laube bis Anwesen Reichenbach, die Dorfstraße vom

Anwesen Reichenbach bis Anwesen Blattmann und nicht zuletzt die Gemeindeverbindungsstraße.

Bei der Wasserversorgung:

Neufassung der gemeindeeigenen Quellen im Flissertgebiet mit Neuverlegung eines Wasserstranges von den Quellen bis zum Gasthaus Lamm, Neuverlegung in der Waldstraße, Bergstraße und Glottertalstraße, Erneuerung in der Dorfstraße vom Rathaus bis zur Laube und andere kleinere Erneuerungen.

Folgende Kanalarbeiten wurden durchgeführt:

Neuverlegung eines Schmutz- und Oberflächenkanals in der Waldstraße, in der Bergstraße und in der Glottertalstraße, Neuverlegung eines Schmutzwasserstranges nach Hinterheuweiler und eines Oberflächenstranges vom Rathaus bis zur Laube, vom Rathaus bis zum Anwesen Blattmann in der Dorfstraße, im Weidweg, in der Kandelstraße, in der Gartenstraße. Und in der Glottertalstraße außerdem umfangreiche Kanalverlegungsarbeiten für Oberflächenwasser nach dem General-Entwässerungsplan, von der Laube bis in den Taubenbach, und die notwendigen Schmutzwasserstränge zum Abschluß an den Abwasserzweckverband Breisgauer Bucht im Feldele Gebiet, Stillegung der beiden bisherigen Klärgruben Süd und Nord.

Straßenbeleuchtung im ganzen Ort durch Erneuerung bzw. Modernisierung der gesamten Ortsstraßenbeleuchtung und nicht zuletzt die Rettung der Selbständigkeit der Gemeinde durch

177

die Verwaltungsgemeinschaft mit Gundelfingen im Jahre 1972, aber auch die Gemarkungsbereinigung zwischen Heuweiler und Denzlingen, bei der insbesondere auch unser heutiger Sportplatz betroffen war.

Heute sagen wir Dank für alles, was mit seiner Hilfe und seinen Fähigkeiten hier bewegt wurde. Gut, daß er es zu damaliger Zeit getan hat, denn heute wäre das alles kaum noch möglich. Die Kassen von Bund und Ländern und damit auch der Gemeinden sind so gut wie leer. Er hatte eben ein gutes Verhältnis zum Geld, dieser Oskar Binninger. Er ist ein guter Kaufmann und hat im biblischen Sinne „mit dem Pfund gewuchert". Dieses ist zwar seines Amtes gewesen, dennoch gilt ihm für das Gelingen besonderer Dank.

Oskar Binninger ist eine Persönlichkeit und für manchen nicht so recht greifbar. Ja, man muß schon genau wissen, was man will und was man meint, dann kann man auch mit ihm schirren. Dennoch war er stets ein natürlicher Mensch von gut gesegneter Gesundheit. Das einzige Mal, auf das ich mich zu besinnen weiß, daß er krank war, als er in seinem Garten von einem Pflaumenbaum gefallen war.

Neben dieser Dankbarkeit möchte ich noch ein Wort zur Treue sagen. Die Dankbarkeit bezog sich auf die Chancen, die er suchte, die Chancen, die er erkannte und die Chancen, die er nutzte.

Aber nun zur Treue. Er war nicht ein Verlegenheits-bürgermeister, das beweist seine nicht angezweifelte Bereitschaft, für Heuweiler ein zweites Mal zu kandidieren und den Bürgern stets in allen Fragen als Meister in Fach- und Sachfragen beizustehen, also ein „rechter" Bürgermeister. Sein Wirken zog auch mehr und mehr Bürger an selbst in der Gemeinde tätig zu werden, weil sie spürten, daß hier ihre Chance lag mit Oskar Binninger etwas zu bewegen. Diese Treue zur Sache und zu sich selbst war echt und wenn ich an das Wort in seiner Abschiedsrede von Herrn Pfarrer Fensterer denke, der einmal den Vergleich zwischen Josef aus der Bibel und Oskar Binninger gewagt hat, was mir gut gefiel, dann würde hier die Eigenschaft der Treue in besonderer Weise auch in diesen Vergleich passen, und so sage ich aus der „Bürgschaft" aus dem letzten Absatz von Schiller „Und die Treue, sie ist doch kein leerer Wahn".

Das alles bestimmende Moment am heutigen Tag des Wandels, wo nun Oskar Binninger am Ende seiner Heuweiler Aufgabe steht, kann für uns nur Dankbarkeit sein für alles, das geglückt ist, für alles, was versucht wurde, aber auch für alles, was trotz bestem Willen nicht gelingen wollte, nach dem Motto: Das tun, was möglich ist, das Unmögliche gelassen ertragen und bei der Entscheidung das Mögliche vom Unmöglichen unterscheiden.

Und nun noch eine Hoffnung für unseren Altbürgermeister: Daß es ihm wohlergehen möge und daß er noch viele Jahre in Gesundheit leben kann. Gott schütze ihn und sein Haus, das heißt ihn und alle, die er lieb hat. Wir in Heuweiler werden uns in Dankbarkeit seiner Tätigkeit erinnern, weil er hier zu einem Teil der Dorfgeschichte geworden ist. Ich stelle ausdrücklich fest, Oskar Binninger hat sich um Heuweiler verdient gemacht.

Als kleines Zeichen der Dankbarkeit überreicht die kleine Heuweiler Gemeinde ihrem hervorragenden Bürgermeister eine mittelgroße echte Goldmünze, die Sie, lieber Oskar Binninger, auch in Zukunft an Heuweiler erinnern soll, deren geachteter Bürgermeister Sie 13 Jahre waren.

– Beckherrn –

25 jähriges Firmenjubiläum Krupp
Jubiläum Beckherrn 1. Juli 1982
Laudatio von Herrn Dr. Brinkmann

Sehr geehrter, lieber Herr Beckherrn,

ich bin mir im folgenden durchaus des Mangels bewußt, daß ich es wage, diese Laudatio mit Konzept zu halten. Weiß ich doch aus einer Reihe für mich sehr erinnerungswürdiger Veranstaltungen, daß man es im Hause Beckherrn gleichermaßen zu den selbstverständlichen Fertigkeiten zählt, Reden in geschliffener, amüsanter und geistvoller Weise aus dem Stehgreif zu halten.

Wen wundert's? Stammen Sie doch aus einem evangelischen Pfarrhaus, so daß der Vater gleichermaßen von Berufs wegen in der Rhetorik zu Hause zu sein hatte. Daß es gerade die evangelischen Pfarrhäuser waren, die in der Geistesgeschichte unseres Landes viele große Deutsche hervorgebracht haben, sei an dieser Stelle nicht nur am Rande erwähnt.

Aber so ungeschoren möchte ich Sie am Beginn meiner Jubilar-Ehrung bei dem Thema der frei gehaltenen, improvisierten Reden nicht davonkommen lassen und Sie, meine lieben Zuhörer, wenigstens teilhaben lassen an drei großen Auftritten, die zu erleben mir vergönnt waren.

Da war der erste Auftritt, den ich vor vielen, vielen Jahren im Burghof in Essen erlebte, als wir mit der gesamten Führungs-Crew des Kruppschen Stahlhandels zusammensaßen und Sie, lieber Jubilar sich in der Ihnen eigenen gründlichen, zugegebenermaßen allerdings auch sehr kritischen Weise mit Ihren damaligen Vorgesetzten, die nun alle Helmut hießen, auseinandersetzten. Das Amüsement und der Beifall lagen seinerzeit, wenn ich mich recht erinnere, mehr auf der Seite der Zuhörer als der Betroffenen.

Und damit das ganze hier an dieser Stelle nicht unpersönlich klingt, hatte ich selbst das Vergnügen, im Dezember 1974 Herrn Hans-Hermann Beckherrn unter den Teilnehmern eines betriebswirtschaftlichen Seminars in Oehringen zu haben. Das Jagdschloß Friedrichsruh ist eine Reise wert. Ein Seminar im großen Spiegelsaal war ein Erlebnis und, wenn der rechte Teilnehmerkreis zusammen war, wurden Lehren und Lernen zum Vergnügen, ja vielleicht zum Spiel.

Nur der rechtzeitige Wechsel der Seminare auch nach Hiltrup verhinderte, daß es im deutschen Stahlhandel so etwas wie eine „Oehringer Bewegung" gab, was umso näher gelegen hätte, weil eine Reihe in der Tat bewegender Dinge am Rande eines solchen Seminars zu geschehen pflegten.

Hierhin gehört nun endgültig Herr Metzger, jener wohlbeleibte Wirt der nahegelegenen Gastwirtschaft, in der man sich abends bei Hoheloher Pils und selbstgebranntem Birnenschnaps zu treffen pflegte. Wahlweise stand guter Württemberger Rotwein zur Verfügung. Das waren fröhliche Abende bei Herrn Metzger, der mich zu Beginn meiner Seminar-Reihe einmal sehr frontal in der ihm ursprünglichen Art nahm und von einem Teilnehmer darauf hingewiesen wurde, mit mir etwas vorsichtiger umzugehen, ich sei ein persönlicher Bekannter des Herrn Krupp.

Herr Metzger, und das kennzeichnet die Szenerie, sah mich erstaunt an, fragte mit der ganzen Harmlosigkeit des Landes Hohenlohe-Berlichingen liegt bekanntlich nicht weit von

Oehringen: „Ob das etwa der Krupp sei, der an seinem Kessel stünde?"

Und damit bin ich beim zweiten geistvollen Auftritt unseres Jubilars, der in eben jenen Dezembertagen des Jahres 1974, als des Tages Maß gefüllt war, aufstand und sich den Dozenten nach allen Regeln der freien und geschliffenen Rede vornahm. Ich habe mich selten so köstlich amüsiert, auch gewiß über das Kritische, was da über den Intellektuellen, der von Rechts wegen nicht nur alles, sondern alles besser zu wissen habe, gesagt wurde.

Der nächste Morgen war dann allerdings köstlich. Ich hatte den Eindruck, daß dem Redner die Nacht nicht ganz den erhofften und für den Seminarbetrieb notwendigen Schlaf gebracht hatte. Er wußte da offenbar nicht, wie die einzige Laudatio, die er mir im Leben gehalten hatte, bei mir angekommen war. Machen wir es kurz, ich heiße nicht Helmut. Der dritte Auftritt, der nun alles durcheinander bringt, was die Namen anbelangt, vielleicht ein einsamer Höhepunkt, bei dem die anwesende vierköpfige Geschäftsleitung des hohen Hauses gewiß nicht ungeschoren davonkam, war dann aus Anlaß der letzten Geschäftsführer Besprechung des Krupp Stahlhandels in der Nähe, im schönen Glottertal gegeben. Nach reichlichem Genuß der Weinschätze des Tales ließ Herr Beckherrn mit Gönnermiene Hefeschnaps pur oder auch gemischt servieren, der seine Wirkung nicht verfehlt hat.

Die Reaktion bei den Herren Faber, Landtau, Dr. Schmidt und Brinkmann war da durchaus unterschiedlich, wie es sich gehörte ausgeglichen. Sie dürfen raten, wem es nicht gefallen hat.

Ich hatte jedenfalls alle Mühe, nach einer Grundsatzerklärung eines meiner damaligen Kollegen die Geschäftsführer Besprechung noch zu retten.

Damit das alles nun angemessen eingebunden sei, die Laudatio, die es hier und heute zu halten gilt, sei ein Wort Rudolf Bindings, des großen Novellisten, erinnert, der zu der Erkenntnis gekommen ist: Ein Mensch, der – wer er auch immer sei – die Wahrheit nicht vertragen kann, hat keine wahren Freunde. Freunde werden zu Feinden oder zu Leuten, die ihm nach dem Munde reden. Das ist die Mathematik der Freundschaft.

So gesehen fühle ich mich heute, weil ich bei allen gegebenen Anlässen der Wahrheit gerne, wenn auch betroffen zugehört habe, als Freund des Hauses Freiburg, und ich bin mir in dieser Aussage um so gewisser, als daß wir, lieber Jubilar, eine große Strecke, der es heute zu gedenken gilt, gemeinsam gegangen sind, ausgehend von Duisburg und Dortmund bis hier in diese Stunde, nach Freiburg.

Hinzu kommt meine tiefe Vorliebe für das Land, das Ihnen nun Heimat geworden ist. Und da tut sich durch persönliche Erinnerungen auch ein weites

Feld auf, angefangen von einer unvergeßlich schönen Stunde in Ihrem Hause, als sich der Tag über der Burg Zähringen senkte in die Silhouetten der Feste einen jener Augenblicke in der Erinnerung produzierte, die unvergeßlich sind.

Aber als Neubürger des Landes kann ich dann eben auch nicht an Heuweiler und dem anschließenden Glottertal vorbeigehen, ohne all' der vielen Stunden auch mit Ihnen, meine sehr verehrten Zuhörer, zu gedenken, die wir hier und dort gemeinsam verbracht haben.

Der Lebenslauf des Herrn Beckherrn, soweit hier das Haus Krupp involviert ist, ist kurz erzählt. Nach der Schulzeit und Ausbildungszeit im Hause der Großhandelsunternehmung Eisen AG Lothringen versehen mit guten Zeugnissen, ob Kaufmannsgehilfenprüfung, Berufsschule oder Wirtschaftsakademie Bochum, gelangten Sie am 1. Juli 1957 als kaufmännischer Angestellter zur Firma Krupp in den Eisenhandel nach Dortmund.

Bereits Ihr Lehrherr hatte Ihnen bestätigt, daß Sie sich stets als außerordentlich fleißig, willig und geistig rege gezeigt hätten, daß Ihr Auftreten innerhalb des Unternehmens und auch in der Kundschaft lobenswert sei, so daß Krupp gerne zugriff, als Sie sich für die Walzstahlabteilung des Lagergeschäftes in Dortmund bewarben.

Ihr Berufsweg ist, wie mir scheint, konsequent verlaufen. Sie begannen als Abteilungsleiter unserer damals neu gegründeten Niederlassung Dortmund, erhielten am 1. Mai 1959 Handlungsvollmacht und übernahmen am 1. Januar 1964 die Gesamtleitung der Walzstahlabteilung.

Am 1. Januar 1964 wurde Ihnen mit Zustimmung des Direktoriums der Fried. Krupp Prokura erteilt.

Am 1. Mai 1968 erreichte Sie der Ruf nach Freiburg. Sie übernahmen die damalige Geschäftsführung der Krupp Eisenhandel Freiburg GmbH und folgten dann dem langen Zug dieser Unternehmung durch alle möglichen organisatorischen Veränderungen bis hin in diese Stunde.
Der Vollständigkeit halber sei noch erwähnt, daß mit Änderung der Rechtsform unserer Freiburger Gesellschaft Ihnen im Juli 1973 der Titel eines Verkaufdirektors der Fried. Krupp GmbH verliehen wurde.

Als Sie sich seinerzeit bei uns bewarben, haben Sie als Motiv Ihres geplanten Wechsels angegeben, daß Sie Ihren „Gesichtskreis durch Übernahme einer neuen Aufgabe erweitern wollten". Ich hoffe, daß Sie in diesen 25 Jahren zu einer solchen Erweiterung reichlich Gelegenheit gefunden haben, ein Tatbestand, der sich ja auch durch Ihr ständig waches Interesse nicht nur für die gesellschaftlichen Belange im unmittelbaren Sinne, sondern darüber hinaus auch im Hinblick auf den Nachwuchs unserer Branche gezeigt hat.

Sie stammen aus Königsberg, immerhin der Patenstadt meiner Heimatstadt. Damit ist festgeschrieben, daß der am 16. September 1931 geborene Hans-Hermann Beckherrn Ostpreuße ist. Nach der Kindheit und nach Ende des unseligen Krieges lebten Sie fünf Jahre in Thüringen, bevor es Sie 1950 nach Westdeutschland verschlug. Das ist mit Sicherheit ein landsmännisch interessanter Weg, versucht man doch, einen Menschen, den man nun zu ehren hat, auch ein wenig in seinem Auftreten landsmännisch einzuordnen. Sind Sie nun Ostpreuße? Sind Sie Thüringer? Westfale? Oder womöglich Schwabe? Wir alle wissen, daß es zu einfach ist, die Landschaft zugrunde zu legen, in der man geboren ist, obwohl wir wissen, daß sie den Menschen prägt.

Der hier angesprochene Begriff der Heimat hat im Laufe der Zeiten aber auch andere Deutungen erfahren. Ich denke da einmal an Christian Morgenstern, der zu der weisen Erkenntnis kam:
Nicht da ist man daheim, wo man seinen Wohnsitz hat, sondern da, wo man verstanden wird.

Und hier ist dann Raum und Gelegenheit, den jetzigen Grafen von Spee zu zitieren, der einmal in einem Referat sagte, was mich außergewöhnlich beeindruckt hat:
Heimat ist da, wo man aufbricht.

Hätte ich in dieser Stunde zu wählen, entschlösse ich mich bei unserem Jubilar für Christian Morgenstern.

Das kann man durchaus unterschiedlich interpretieren und ich möchte diese Gedanken auch nicht gegeneinander abgrenzen. Die etwas gelassener geratene, menschliche Natur hält es mit Wilhelm Busch:
Im Leben fängt man dann und wann, wieder mal von vorne an.
Andere greifen – zumal im Goethe Jahr – zum Altmeister und ziehen den Schluß:
Daß sich das größte Werk vollende, genügt ein Geist für tausend Hände.
Was mich anbelangt, ich halte es mit Matthias Claudius:
Etwas Festes muß der Mensch haben, daran er zu Anker liege. Etwas, das nicht von ihm abhänge, sondern davon er abhängt. Der Anker muß das Schiff halten; denn wenn das Schiff den Anker schleppt, so wird der Kurs mißlich und Unglück ist nicht weit.

Lassen Sie mich mit diesem Gedankengang vielleicht etwas außergewöhnlich meine Laudatio für den Leiter unserer Freiburger Niederlassung schließen.

Wenn ich mich recht erinnere, war ich zweimal Gast in Ihrem Hause in Heuweiler. Ich habe Ihnen anschließend nach einem dieser Besuche gesagt, daß auch von einem Fremden Harmonie und Friede empfunden werden, die in Ihrem Hause im Zusammenleben mit Ihrer sehr verehrten Frau Gemahlin, aber auch mit Ihren beiden Töchtern spürbar sind.

Und damit bin ich nun doch bei meinem Freund Graf Spee gelandet. Es scheint, Heuweiler ist Ihre Heimat, weil das der Platz ist, von dem Sie aufbrechen.

Bleibt mir der Dank an Sie im Namen des Vorstandes der Krupp Handel GmbH für 25 Jahre Zuverlässigkeit, Ideenreichtum, Mitarbeit und Verantwortung im Krupp-Konzern. 25 Jahre sind zwar im Hinblick kurz, aber sie bedeuten, etwas großzügig gerechnet, exakt die Hälfte Ihres Lebens. Ich schließe in diesen Dank Ihre sehr verehrte Frau Gemahlin ein. Die Zeit Ihrer Ehe liegt nur einiges unter der Zeit, die hier heute genannt wurde.

Ich weiß um die Wechselwirkungen, die aus dem wirtschaftlichen Wohlergehen oder aber in schlechten Zeiten hinübergreifen in unser privates Dasein.

Mein persönlicher Wunsch gilt an diesem Tage einer auch in Zukunft erfreulichen, freundschaftlichen Zusammenarbeit, daß möglichst bald auch über den Beruf die Entlastungen auf Ihr Leben zukommen, die Ihnen gute Zeiten im badischen Land zuteil werden lassen.

1. Juli 1982 – Brinkmann –

1975 erkrankte meine besondere, geliebte Frau 38jährig an einer schlimmen Krankheit, die sie bewundernswert bis zu ihrem Tod im Juli 1983 getragen hat, ohne daß die Familie darunter litt. Ihre Mutter hat meine Frau noch um ein Jahr überlebt, leider oder besser Gott sei Dank so krank, daß sie den Tod ihres letzten Kindes nicht mehr zur Kenntnis nehmen konnte.

Nun, da war doch noch was? Wenn es Sie interessiert, schreibe ich weiter.